仄声平韵咏无锡

吴九盛 著

九州出版社
JIUZHOUPRESS

图书在版编目（CIP）数据

仄声平韵咏无锡 / 吴九盛著 . -- 北京 ：九州出版社 , 2019.9

ISBN 978-7-5108-8254-8

Ⅰ . ①仄… Ⅱ . ①吴… Ⅲ . ①诗集－中国－当代 Ⅳ . ① I227

中国版本图书馆 CIP 数据核字 (2019) 第 182994 号

仄声平韵咏无锡

作　　者	吴九盛 著
出版发行	九州出版社
地　　址	北京市西城区阜外大街甲 35 号 （100037）
发行电话	（010）68992190/3/5/6
网　　址	www.jiuzhoupress.com
电子信箱	jiuzhou@jiuzhoupress.com
印　　刷	武汉市卓源印务有限公司
开　　本	880 毫米 ×1230 毫米　32 开
印　　张	9.75
字　　数	137 千字
版　　次	2019 年 9 月第 1 版
印　　次	2019 年 9 月第 1 次印刷
书　　号	ISBN 978-7-5108-8254-8
定　　价	60.00 元

作者简介

　　吴九盛，1957 年 8 月生于江苏省无锡市，中学毕业后，先后在农场务农、工厂务工以及到机关工作，经在职学习取得大学学历，曾有诗文在报刊发表，著有诗集《四句七言百首诗》。

内容简介

　　这本诗集，描述无锡的山水景观、名胜古迹、人文风貌，收入了本书作者近年来创作的三百多首传统格式的诗词，表达了作者对家乡的感怀和赞美之情。

序

　　无锡是个好地方，天地赐山水，人间立辉煌。古迹蕴含着先辈千百年演进时光，名胜各显神态迎来无数游客徜徉；四季花树总是踊跃装扮大地，还有充满温馨人情味的里弄村庄。

　　我期望用一种方式倾吐我的衷肠，为感恩承我生载我长的可爱家乡；东奔西走采风中触动着我的灵感，于耳濡目染动心处酿成诗词篇章。

　　祈愿人文源流长，美丽无锡景，蓬勃沐朝阳。

吴九盛

2019 年 3 月 23 日

目 录

1

目　录

目 录

目 录

目　录

七律·无锡

坐望具区滋润地，
先贤断发立吴门。
鸿山纳玉栖飞凤，
梅里开渠绕古村。
湖水浮来三岛影，
弦声醉入二泉魂。
今人描绘梁溪景，
要让明珠耀子孙。

注："具区"为太湖的古称；"立吴门"指
泰伯奔吴后建勾吴国；"飞凤"指鸿山古墓出土
玉飞凤；"开渠"指泰伯在梅里率众开挖第一条
人工河伯渎港；"三岛"指太湖中的三山岛，又
称太湖仙岛；"弦声"句以民间艺人华彦钧创作
的《二泉映月》名曲借指地域文化；"梁溪"为
无锡的别称；"明珠"，无锡有太湖明珠之誉。

七律·彭祖墩遗址

寒暑七千年份远，
碎陶石斧解缘由。
幸临好水泽林木，
得引先民占土丘。
古地开掘宣历史，
后人发展续源流。
知前益补将来事，
多少成因待探求。

注：彭祖墩遗址位于新吴区鸿山街道管家桥村，面积约 9 万平方米，据考古发现，7000 年前的新石器时代已有先民在此生活。

画堂春·洪口墩遗址

孤凉沉睡几千年，
今来探你容颜。
绕寻辗转到跟前，
古老家园。

楼宇八方热建，
幸存遗址空间。
竖碑地里菜瓜鲜，
四季耕田。

注：洪口墩遗址在滨湖区雪浪街道葛埭村，1992 年考古采集到属于新石器时代马家浜文化类型的陶器和玉器，后又发现了明代砖窑遗迹。

七绝·江南大学校园内
有赤马咀遗址

太湖山水集人气，
长广溪旁美校园。
应有学生知此地，
先民早到数千年。

注：赤马咀遗址在江南大学校园内，原名歇马墩，据考证6000年前已有先民聚居，相传三国时孙权屯兵歇马于此，地形呈马形，地下有红土层，故曾有朱马咀之称，20世纪50年代出土有新石器时代器物，后又发现过两汉、三国时期陶器、钱币等。

七律·仙蠡墩

人类存延欲探究，
还凭古物叙源头。
开荒始信石锄硬，
饱腹曾期稻米熟。
巧制陶钵积饮品，
粗缝葛布裹遮羞。
遗踪旧地今难觅，
墩影惜随逝水流。

注：考古发现了距今约 5000 年的仙蠡墩先民
生活遗迹，后因疏通航道仙蠡墩被挖除，现湖滨
路蠡桥堍有仙蠡墩遗址公园。

卜算子·锡山施墩遗址

过往四千年，
墩貌无值览。
身倚锡山坐落南，
土里藏陶片。

避汛驻高田，
择木磨石砍。
古有先民辟地盘，
今续新长卷。

注：锡山南麓有新石器时代的锡山先民施墩遗址，考古发现其中蕴藏了距今4000多年的无锡史前文化痕迹。

七律·徐偃王庙

石塘山下树青葱，
五里湖边觅旧踪。
寺庙墙高堂院静，
香炉铁重蜡烛红。
徐君赈济灾荒事，
民众思怀祭祀情。
千载清溪流水去，
世间未忘善良功。

注：徐偃王庙位于五里湖南岸长广溪口、石塘山下，徐偃王是西周时诸侯，封地在淮河中下游一带，有一年无锡地区遭灾，徐偃王命放粮赈灾，救济饥民，后民众感其仁义，建庙祭祀，庙何时在石塘始建已无查考，重建起始时间是宋代。

七古·泰伯奔吴

　　殷商邑土诸侯郡，姬家方国驻岐山。泾渭河畔行运势，腾挪演进列强藩。季子顺意孙昌瑞，太王念以大位传。伯仲携手依父愿，恳让诚避弃王权。托言终南山采药，烈马蹄疾径向南。未知一去归何处，揖别乡井不思还。过塆避险猜星象，遇流趋浅踏草滩。偶通村关须遮面，或经僻壤少人烟。风中夜宿荒丘侧，雨后绕踩泥路间。食误当辰身添累，情失畅和步愈艰。古公寻儿遣兵将，飞骑逐尘到坊前。既难询访觅踪影，怅然回复怨荆蛮。逸者身临和暖地，喜看震泽映蓝天。舒目冈峦松柏色，迎头春花梅李鲜。生机欲比岐山胜，翠岭矗立望平川。傍湖泽坡滋润水，插柳绽芽沃野田。断发能合入夷貌，纹身始获随俗颜。人生在世历寒暑，心安是处度时年。利民教化中原术，凿港游弋江南船。渔猎耕播循季令，围墩

筑垒竖栏轩。流光易逝日月在，吴地开发
兴启源。千秋颂德泰伯事，后代绵延咏诗篇。

　　注：泰伯为周太王（古公亶父）长子，父议
传位时，泰伯与弟仲雍借采药名离家远去，拒继位，
避居梅里，无锡鸿山有泰伯墓。

七绝·伯渎河

凿渠润地是沧桑，
梅里荒蛮渐盛强。
今看伯渎添美景，
千年古港缀桥廊。

注：伯渎河又称伯渎港，三千多年前由吴泰
伯率众开凿，是无锡第一条人工河。

七律·故文台

登高拜揖纳春来，
顺逆由天未敢猜。
愿起和风田亩醒，
思逢润雨粟苗栽。
祈求念笃方得佑，
祭祀心诚或免灾。
时至姑苏新垒土，
梅村剩此故文台。

注：故文台位于新吴区梅村街道，相传商末时期泰伯定居梅里后，在一片叫"荒三千"的田野中垒起土台，每逢春播第一天登台祭祀，取名文台，春秋时期吴王阖闾迁都姑苏也筑有文台，因而称梅里文台为故文台。

五律·到泰伯庙

至德嬴立世，
恳让耀光辉。
庙里追思匾，
民间赞语碑。
方亭依古井，
白壁衬新梅。
祭祖逢春日，
游人踏步随。

注：时逢新正初九，可领略梅村庙会民俗盛况，泰伯庙旁，彩妆巡游，商摊遍布，摩肩接踵，人气极旺。

七律·阳山

今虽草树映青峰，
岩口曾喷烈焰浓。
欲上弯腰知势险，
徐行累脚绕阶通。
声来滴水石坑满，
影去蝙蝠穴角空。
细看崖边碑字语，
依稀可觅古遗踪。

注：无锡西的阳山，古名安阳山，因周武王
封安阳侯于此而名。山中有寺庙，有汉、宋时代
人采石留下的清水洞、蝙蝠洞等古迹，有火山口
等自然遗迹。

七古·访吴王避暑宫遗址

　　史载吴王避暑宫，藏在近水峰峦中。震泽北岸风光好，清幽妙境势朦胧。内间湾里秋色静，闻听溪响窄道旁。挂果桔叶浓浓翠，冒蕊桂枝阵阵香。山湾畅怀待稀客，村口犬吠辨生人。数问乡民随前往，如面相见顿添神。大理白石标名立，相伴埂垄豆菜田。脚下所踩楼阙处？碑文欲没蔓草间。木石何时倾落地？叹由新土灭旧痕。沧海桑田即是此，四望再难觅墙门。历历多少世间事，春秋草树年复年。湖畔吴越纷争去，青山依旧向苍天。

　　注：吴王避暑宫遗址在滨湖区马山街道内间湾，相传是春秋时期吴王阖闾避暑的地方。

七律·阖闾城怀古

三让谦德誉古今，
勾吴拓界立功勋。
篡国敢设鱼肠计，
夺位先赢刺客心。
散漫妃嫔冤祭阵，
悲情将士枉忠君。
山冈亦叹王城事，
石乱墟荒草木荫。

注：阖闾城遗址在江苏无锡和常州交界的一处山坡上，是春秋时期吴王阖闾的都城，阖闾是泰伯赴梅里建勾吴国后的第24任吴王；参观阖闾城遗址博物馆，可以领略那些悠远的历史故事。

何满子·战鼓墩

道上曾驰甲马,
堑间碾过兵车。
乘浪船军呼号令,
相争吴越干戈。
进战听凭鼓响,
厮杀赌胜强国。

阴晴无边日月,
枯生几代桫椤。
阵阵风来拂水土,
王墩已作荒坡。
万事千年过后,
归结俱是传说。

注:战鼓墩,位于滨湖区马山街道和平村。
史载,公元前494年,吴越夫椒之战,吴王夫差
垒墩筑台,击鼓大振军心而得胜。

七绝·胥泉

村野间江隐古泉，
块石围井沥清涟。
两千五百流年去，
还引今人念起源。

注：胥泉，又称天井泉，位于滨湖区胡埭镇
间江村，春秋时伍子胥屯兵阖闾城所开掘。

五律·五牧

夫差势正足，
志满岂踌躇。
地远思王土，
天宽绘霸图。
凿沟达五牧，
驾舸贯勾吴。
后世言成败，
清波耀日浮。

注：2500 年前，吴王夫差伐齐凿邗沟，留下
如今横贯无锡的古运河段遗迹，东到望亭，西自
五牧，五牧村在惠山区玉祁街道，宽阔的河面上
有五牧桥。

七律·玉飞凤

娇姿健羽美精灵，
大匠倾心巧妙工。
一穴湿泥尘世外，
三千岁月寂寥中。
抑情地底含声势，
如愿天光耀玉容。
今展吉祥缘分在，
锡城寓意望飞腾。

注：在无锡鸿山出土的玉飞凤，约有三千年历史，于2008年4月被确定为无锡城市徽标。

七律·黄埠墩

静观千古水容颜，
自始春秋浸惠泉。
月色投来疏柳影，
波光动处映阁檐。
墩成百姓祈福地，
史载英雄仰叹天。
大地念情存旧事，
芙蓉湖里矗金山。

注：无锡古运河吴桥附近的黄埠墩，旧名小金山，在古芙蓉湖中，是春秋时代人工开凿运河的历史见证。

七律·龙头渚

吴越湖山景诱人，
秦皇跨马踏蹄痕。
岸石震响惊波浪，
天幕生晖映彩云。
峰岭塆幽声瑟瑟，
杨梅林密绿森森。
传奇共此风光在，
胜地赢来众客心。

注：龙头渚在滨湖区马山半岛西南端。

忆江南·斗山禅寺

游禅寺,
胜似入高楼。
脚踏层阶身渐上,
情达巅处意方休。
宝殿在山头。

注:斗山禅寺在锡山区锡北镇北部,相传西汉时此处就建有"三青寺",后几经兴废,1997年起重建庙宇。

七律·鸿山

入眼冈峦不等闲，
凭身历事久经传。
踏青绿树弥峰岭，
觅古坚石砌墓圈。
陈迹岔塆十四景，
留名隐士百千年。
若非贤圣情归处，
世上稀知此铁山。

注：位于新吴区的鸿山原名铁山，旧时称有十四景，如泰伯墓、东汉梁鸿偕妻子孟光隐居地等古迹。

点绛唇·牛塘龙窑遗址

早有人来，
安身到此捏陶土。
近山斫树，
点火燃窑筑。

旧迹呈情，
制罐应无数。
千年度，
麓坡埋古，
野草风中舞。

注：1979 年发现的牛塘龙窑遗址，在滨湖区马山街道牛塘村西南一块山地上，是无锡首次发现的东汉古窑址。

五律·清水洞

阳山灵洞在，
暗壁绿苔生。
异状非天作，
先民苦力成。
探足轻步入，
侧耳屏息听。
石隙滋清水，
涓滴落响声。

注：清水洞在惠山区的阳山西麓山腰间，据传汉代即由阳山先民采石成窟，后历代继有凿取石料的，洞隙滴水，常年不涸，洞内另有宋代开凿的水井。

七律·西高山

小岭名扬呈气势，
堰桥地界韫情深。
繁生古木居高士，
润降福泉饮客人。
崖壁近观铭旧刻，
坡阶健走入仙门。
依山可览十八景，
胜似瑶台又一村。

注: 西高山又名西胶山, 位于惠山区堰桥街道,
因汉代高士高彪、高岱曾居此而名高山。

眼儿媚·崇庆庵

无锡禅迹此初缘，
佛法显江南。
三国共世，
东吴治下，
筑殿高山。

赤乌岁月多遥远，
庵貌几曾迁。
今凭古址，
修坛立寺，
续种福田。

注：位于惠山区堰桥街道西高山的崇庆庵，始建于三国时期东吴赤乌年间（公元 251 年前），1985 年重建。

摊破浣溪沙·云居道院遗址

翠岭云逢赤日开，
山间曾有葛洪来。
道士心仪炼丹地，
驻仙宅。

乱树斜枝欺断壁，
孤池浅水映石牌。
碎瓦残砖无踏迹，
露青苔。

注：云居道院，俗称神仙庵，在滨湖区马山街道西村，相传三国至东晋时曾有葛玄、郑隐、葛洪等道士在此炼丹修行。

五律·江南第一山

幸卧江南地，
蛰伏韫势雄。
青荫依岭漫，
曲涧绕石通。
日下叠峰影，
林间响寺钟。
播名凭慧照，
倨傲亦峥嵘。

注：无锡城西的惠山，有江南第一山美誉，因晋代西域开山禅师慧照到此，使之名声大增，后人用慧照名字命山，慧、惠相通，遂有惠山名。

七律·登惠山

今来踏上惠山巅，
远景八方到眼前。
沾藓石门生妙境，
沁崖水气化甘泉。
阶梯回转七十二，
跬步逐积百万千。
绿树萦峰秋色里，
举头高处看云天。

注：从惠山北端山脚向"七十二个摇车湾"
石阶上行，沿途有龙海寺、离垢庵、白云洞、石
门等古迹，可直登惠山最高峰约328米的三茅峰。

七绝·望惠山石门有感

书院文章济世才，
躬身守正事兰台。
石门矗立今依旧，
众口常传邵宝来。

注：惠山三茅峰东北坡，原刻有明代无锡籍官员、著名学者邵宝书的"石门"两字，后由清知县廖纶重书，无锡流传着"若要石门开，要等邵宝来"的谚语。

七律·崇安寺

史言古刹有兴宁，
至此来寻莫诵经。
情景年长迁样貌，
物华岁去换身形。
既赢此日商街盛，
难念前朝寺庙灵。
入耳喧声盈闹市，
时光渐淡右军名。

注：崇安寺相传前身是东晋时以书法家王羲之宅舍改建为兴宁寺，时间为晋兴宁二年（公元364年），至宋朝改称崇安寺，逐渐改变至今为繁华街市和城中公园。右军，王羲之的官职名，城中公园有"右军涤砚池"古迹。

七绝·崇安寺右军涤砚池

闹市中心景不凡，
千年古迹在崇安。
曾来书圣勤濯笔，
今喜涤池尚未干。

注：无锡崇安寺（公花园）内曾是东晋大书法家王羲之的住宅处，现存有右军涤砚池遗迹，小池旁墙上刻有"洗砚古池"四字。

唐多令·王右军洗砚池

石卧草花萦,
斜阳入小亭。
绿池边、鹅叫声声。
开利寺钟传响处,
香砚墨,
久醅浓。

挥笔凤偕龙,
圣名环宇中。
幸能延、千载文风。
旧景蕴情牵过往,
来客觅,
右军踪。

注：惠山区洛社镇,至清代末还曾有东晋书法家王羲之的故宅遗址,现留有"王右军洗砚池"等遗迹。

七绝·顾恺之

身成乱世三绝士，
笔底濡情作画师。
忍念糊涂蒙大智，
度年自咏四时诗。

注：东晋画家顾恺之，无锡人，晋代人对其
有才绝、画绝和痴绝的"三绝"之称，曾作《四时诗》
（或名神情诗）。

如梦令·到洞虚观

望殿卧盘山坳,
闻乐抑扬声调;
缭绕唱何词?
难解道歌玄妙。
休恼,
休恼,
俗客哪得轻晓。

注: 位于锡山区胶山上的洞虚观,别名清元观,始建于南北朝梁大同二年（公元 536 年）。

七绝·青山寺

禅云香气漫青峦，
古刹楼台欲比山。
高处易传钟鼓响，
客来望远可凭栏。

注: 青山寺在惠山脚下青山湾，始建于南北朝，
寺殿依山而筑，高耸挺拔。

五律·慈云禅寺

慈云映客眸，
入寺见清幽。
巧景怡情适，
檀香令意柔。
梵声传院落，
佛语录门头。
池水形弯月，
观音立上游。

注：慈云禅寺在锡山区东港镇东湖塘，前身"沽马寺"始建于南北朝，2008年移地重建更名为慈云禅寺。

五绝四首·吼山

其一
锡东矗秀峰，
望日耀身明。
天降金牛吼，
青山仗此名。

其二
鬼斧置棋台，
神工令洞开。
山石虽静默，
曾遇泰伯来。

其三
妙境可藏仙，
当合水润山。
树浓荫翠岭，
隐有一壶泉。

其四
吼山凝浅雾，
高树掩黄墙。
筑殿佛来住，
逢缘客进香。

注：位于锡东的吼山，山上有泰伯洞居、生池、
贤光阁等景观，南麓有七云禅寺，始建于南北朝。

七律·保安寺无梁殿

古寺渊源名已远，
幸存旧殿作禅堂。
拱托顶盖赢撑柱，
奇遣砖石免架梁。
或仗偏方疗癫疥，
曾如众愿塑金刚。
今观门里佛龛处，
几缕轻烟漫绕香。

注：保安寺无梁殿位于塘南路与太湖大道交汇处的西南角，寺始建于南北朝，后历经废兴，现有建筑仅存原无梁殿的三分之一，展示着流行于明代的古建风格。

五律·尧歌里

山野尧歌里，
乡村错落宅。
林荫风滤燥，
水静气舒怀。
旧日传奇在，
遗情后辈猜。
碑石生记忆，
总引客人来。

注：锡城西南许舍山旁有一处叫尧歌里的山
湾，是有着千年传说的"栋城"所在地。

柏梁体·无锡古运河

壮哉古人凿邗沟，吴地傍水利行舟。舸舻逐浪百千艘，京杭帆动历春秋。芙蓉湖口汇泉流，江尖波上翔鹭鸥。甘润滩田稻麦熟，福泽城郭林木稠。志士金山叹国忧，义勇窑墩抗敌仇。漕粮米市旧迹留，妙光塔旁戏码头。日映亭榭显晴柔，蠡堤牌坊水影收。蟹虾动处扳网兜，渔灯萤闪夜色幽。清名桥下月影投，花岗石栏系锚钩。港湾淌水水不休，画舫入浜慢悠悠。持篙艄公亮歌喉，摇橹阿妹俏明眸。水乡人家岸边楼，临街枕河乐无愁。

注：无锡古运河是京杭大运河的一段，古运河始于春秋时代开凿，后几经扩展，使无锡河段阔水流畅。

七律·马山耿湾枯柏

老树山中岁月悠，
千年风雨历春秋。
一朝气数绝然去，
半点青颜俱未留。
泉井失荫空见澈，
枯枝变朽枉生愁。
叹惜古物消亡日，
根脉难来此处求。

注：无锡马山耿湾有一古柏，旁有"柏泉井"，据《马迹山志》记载，柏树系隋代所植，现在树身已朽。

五律·天下第二泉

为表仁泽意，
长流古到今。
山中无雨响，
石隙有泉音。
茶圣寻声至，
诗家伴月吟。
时时凝众目，
一样沥清新。

注：天下第二泉古名"慧山泉"，开凿于唐大历年间（公元 780 年前），无锡惠山泉源众多，被唐代品茶专家陆羽评为天下第二的二泉最负盛名。

七绝·甘露寺

几多佛寺名甘露，
刘备招亲在镇江。
戏演三国先岁月，
鹅湖此庙溯于唐。

注：锡山区鹅湖镇有甘露寺，始建渊源为唐乾符年间（公元 880 年前）的甘露禅院，镇江甘露寺始建时间比此甘露寺早 600 多年。

七绝·云庆寺玉佛

人行合掌朝灵殿，
炉驻燃香绕供台；
瞻者观得佛自在，
卧听钟鼓响传来。

注：位于锡山区羊尖镇宛山南麓的云庆寺，
始建于唐代，现新修复的寺内有玉佛殿，玉佛为
卧状。

七律·华孝子祠

肃立牌坊映净泉，
惠山脚下有嘉轩。
先人不冠传奇事，
后辈临祠敬至贤。
愿度痴儿清苦日，
信酬慈父作别言。
纵观尘世春秋变，
孝义应成万代延。

注：华孝子祠在锡惠景区的愚公谷，祭祀东晋无锡人华宝，祠堂始建于唐代，后经多次修葺。

七绝·朝阳禅寺

树老荫浓禅寺古，
安阳山谷绕佛音。
慈祥劝善人间事，
香火千年续到今。

注：朝阳禅寺在无锡西的阳山东侧，其始建渊源可上溯至唐末宋初。

七绝·南草庵

震湖田野小乡村，
立寺烧香本有因。
追忆旧年唐宋事，
东平王庙念张巡。

注：南草庵在滨湖区尚贤河湿地和贡湖湾湿地交界的震湖村，相传该地原有东平王庙，纪念唐代安史之乱时孤守睢阳而死的张巡，唐宋年间建裕庆禅院，后称南草庵，庵东南不远处有与张巡有关的张桥。

六律·钱武肃王祠

乱世生存万难，
钱王志远弥坚。
勤直处事家妥，
勇略赢人郡安。
塑堰清塘治水，
开荒理土屯田。
德泽遍润吴越，
青史留名不凡。

注：钱镠，五代十国时期吴越王，惠山古镇
有钱武肃王祠。

七律·妙光塔

南禅宝顶探云空，
入定安身闹市中。
寒暑千年传故事，
身形八面见灵通。
结缘信重赢香火，
受愿情恒布善功。
金匮妙光祥瑞在，
敢祈喜乐世间同。

注：无锡南禅寺的妙光塔，创建于北宋雍熙
年间（公元 988 年前）。

五律·张中丞庙

唐将行忠义，
人间未忘公。
传承当记事，
祭祀可扬名。
泉井积清水，
石碑述旧情。
树高遮殿顶，
肃立伴中丞。

注：张中丞庙又称张巡庙，位于锡山北麓，面朝惠山直街，俗称大老爷殿，庙始建于北宋崇宁二年（公元1103年），复建于明、清，是为祭祀唐"安史之乱"时死守睢阳献身的御史中丞张巡而建。

七律·蒋子书院

雪浪乡间蒋重珍，
状元名盛立学门。
甘凭慧念经尘世，
耐踏书山累自身。
石隙泉清盈处响，
古庵墙矮旧容存。
后人说起寒窗事，
乐以前贤喻子孙。

注：蒋子书院的蒋子阁旁有八德龙潭和南宋始建的雪浪庵旧址。

七绝·蒋子阁

雪浪楼阁山上好，
昼接云彩夜星空。
状元携此声名起，
不枉书生刻苦功。

　　注：无锡城南外雪浪山上的蒋子阁原名谭云
阁，后因南宋状元蒋重珍曾在此读书而更名。

七绝·雪浪山状元路

蒋子夺魁意气豪，
名扬山路状元桥。
我今岁老无科考，
且仗闲情走一遭。

注：雪浪山间一条南宋状元蒋重珍小时上山
读书行走之路，现名为状元路。

七绝·过横山寺

秋里闲攀雪浪峰，
横山寺外鸟连声。
客来或撞无缘日，
步入禅门未见僧。

注：横山寺位于雪浪山东麓，始建于南宋淳
熙年间（公元 1190 年前）。

五律·八德龙潭

雪浪龙潭水，
安和状自如。
山崖含润久，
石隙溢甘足。
高冷形离世，
清澄意弃俗。
春秋无计数，
静静映庵屋。

注：雪浪山上有始建于南宋的雪浪庵，庵内
有八德龙潭，泉水从岩缝渗出，水质清冽，久旱
不涸。

七律·到蔡村

地延翠绿南瓜叶，
篱满红白扁豆花。
楼角边头栽柿树，
门前日下晒芝麻。
独行几绕疑无路，
问讯三番始有答。
古井清深欣可见，
近旁许是状元家。

注：南宋时的蒋重珍是无锡历史上第一个状元，胡埭蔡村人，该村现有人文历史遗迹"蒋重珍故里状元井"。

五古·阿弥驮佛

阿弥小和尚，　本性真善良。
路遇老病丐，　俯首尽力帮。
背其进庙卧，　日日照料忙。
众僧见景况，　病似入膏肓。
怨此惹闲事，　各言斥责腔。
阿弥实无奈，　驮丐出佛堂。
来至山门外，　情势顿异常。
步步往天上，　高升踏云翔。
老丐乃佛祖，　化身识心肠。
修道因缘好，　结果尽呈祥。
僧众惟感叹，　不及阿弥强。

注：无锡西南胡埭镇九龙湾有始建于南宋的华藏寺，寺门前广场上有反映"阿弥驮佛之传说"的金身塑像。

五律·石塘桥

跨水接湖岸，
横空卧彩楼。
双亭凝静气，
五孔动清流。
檐翘勾云势，
廊宽令客悠。
时来秋色好，
瞭远望鱼鸥。

注：石塘桥，古名广济桥，南宋嘉定年间（公元 1225 年前）始建，如今新建在五里湖和长广溪交界的水面上，是无锡最具特色的江南廊桥，有廊、桥、亭、碑等组成。

七律·参观无锡碑刻陈列馆

金匮学情录大观，
数朝题记满廊间。
遮墙老树繁新叶，
卧地青苔适旧轩。
长者寻章吟古调，
少年择句译今言。
碑石有幸身安此，
益世崇文代代传。

注：无锡碑刻陈列馆位于梁溪区学前街睦亲坊巷，即无锡文物保护单位"无锡县学古碑刻、无锡县学古建筑"所在地，始建于宋代，清代曾名为无锡金匮县学，是古代无锡唯一的官立学校。

七律·孔湾陵墓神道石兽

大宋失城北到南，
王侯凄殁葬荒山。
立羊翘首期风暖，
卧马低眉耐日寒。
空费匠人劳作苦，
莫责石兽护坟难。
时光渐令烟云散，
墓主身家已不传。

注：孔湾陵墓神道石兽位于滨湖区胡埭镇，
墓已毁，墓主失考，仅存石马一尊，留下南宋时
代遗迹。

六律·梅梁小隐

伫立梅梁小隐，
遐思宋儒当年。
桃花岭上寻药，
鸭脚潭边舀泉。
旧事难随日至，
声名只赖书言。
人无寿享如树，
柞木生辰岁千。

注：梅梁小隐在滨湖区马山桃坞岭下小墅湾村，是南宋儒医许叔微的隐居处，旁有古井鸭脚潭和千年柞木树，可惜柞木树现只剩下部分枯朽的树干。

五律·大浮秦大坟

古冢临山水,
碑亭立几时?
光阴增绿树,
风雨损青石。
毁穴型空在,
塌坊状俱失。
湖边幽谷地,
问讯少人知。

注:大浮秦大坟在滨湖区雪浪街道羊歧村,为宋、明代秦氏墓葬群,俗称"秦大坟",现仅存残毁的墓地和石块,留下一些无锡名门望族历史现象的痕迹。

七律·虞薇山先生祠

换代更朝激荡日，
动劳夫子到锡城。
元来未改贤达气，
宋去还存儒术情。
不羡荣华循仕道，
只持学问做先生。
薇山泉水今清冽，
客访廉池起赞声。

注：惠山古镇有"虞薇山先生祠"，祀主虞荐发，丹阳人，宋、元时避祸无锡，做儒学教官，自号"薇山老人"，创办薇山书院。

五律·黄土塘村

古村阅变迁，

一处好家园。

垄亩耕黄土，

湖塘照碧天。

石街遗旧念，

产业逞新颜。

百姓安居此，

岁岁祥和年。

注：锡山区东港镇的黄土塘村，自元代起逐渐形成村落，现留有铺着500多块石板的黄土塘老街、吴氏旧宅、姚桐斌故居等文物古迹。

七绝三首·忍草庵

其一

缘门善地遗痕古，始建僧人是月川。

遮眼树浓枝掩映，拨开蔓叶觅茅庵。

其二

六百春秋忍草庵，颓身寂寞影孤单。

山边僻道清荫里，岁去声名渐不传。

其三

乱草横生满地荒，殿塌无处立天王。

何时整缮重开日，施主虔诚再上香。

注：元代始建的忍草庵，在惠山头茅峰南山腰，因久未修缮，已屋颓墙损，客不能入。

七律·倪云林

此心适意水云间，
弄笔神游向远天。
畅绘高山无滞态，
轻描老树有佳颜。
劲毫墨色随情淡，
焦尾琴声自在闲。
岂止先生赢画艺，
相逢道法亦知玄。

注：倪云林，即倪瓒，无锡人，元末明初著名画家，惠山古镇有"倪云林先生祠"。

五绝·倪瓒墓

树掩绣球墩，
石坊立道门。
芙蓉山色里，
幽然驻云林。

注：倪瓒墓在锡山区东北塘街道芙蓉山南麓，明代建，因墓形如绣球，有"绣球墩"之名，其左右分别是双刹贤寺和建宁府会馆旧址（倪瓒纪念馆）。

七律·无锡县城隍庙旧址

城隍驻此年头远，
后起新楼耸立旁。
岁历明清石作证，
文行典册志言详。
曾逢庙会赢朝拜，
亦待吉辰受供香。
过客于今回首顾，
无暇将事告城隍。

注：无锡县城隍庙旧址位于梁溪区后西溪，
原城隍庙始建于明洪武二年（公元1369年），后
几经变迁，现有部分复建的仪门、戏台等。

七绝·凝禧寺

修屋筑舍人间事，
百状千形各显能。
多少楼堂平地起，
难及庙宇有传承。

注：位于新吴区硕放街道的凝禧寺，始建于明永乐年间（公元 1425 年前），是为纪念高僧姚广孝而建，"凝禧"是姚广孝的小名。

七律·秦金墓

作古名家离渐远，
人生鉴此概如同。
飞萤暂耀星光外，
霞彩逐消暮色中。
凤谷行窝声显赫，
尚书湾地绿葱茏。
于今探访秦金墓，
只见新碑记旧踪。

注：秦金墓在滨湖区胡埭镇秦尚书湾，秦金是北宋词人秦观后裔，明弘治六年（公元1493年）进士，官至尚书，是凤谷行窝（今寄畅园）始建者。

七绝·显云寺

敲鼓声传或响钟，
殿前香火四时红。
乡郊已变新城镇，
寺庙齐身闹市中。

注：显云寺在滨湖区的方庙路和信诚道交叉处，寺名渊源可追溯至明代弘治年间（公元 1506 年前）。

七律·二泉书院

他乡作客辞官日，

惠麓迎归邵宝来。

有志偏难成壮举，

无私亦可惹疑猜。

树寒叶落叠砖地，

泉动声传点易台。

济世英才期后起，

愿朝学子展胸怀。

注：锡惠公园内的二泉书院，是明正德十一年（公元 1516 年）无锡人邵宝辞官归隐家乡后创建的讲学场所。

七古·昭嗣堂

　　锡城东南有硕放，今存名宅昭嗣堂。进士筑舍念爱女，经年数百在一方。照壁前场形宽阔，巨石凿字气势昂。通达两桥跨河水，对立牌坊映斜阳。世家门楣镂云鹤，傲然青砖黛瓦房。天井地老苔渐满，院落样貌岂寻常。备弄点绿疏花叶，半亭显巧傍粉墙。翘角飞檐向天外，嵌框石画缀回廊。川滇深山金丝木，来此材成柱椽梁。厅屋旧式摆桌椅，栅格清秀饰透窗。人能高寿福祉久，物成古迹渊源长。访客不止观赞叹，日后还忆楠木香。

　　注：昭嗣堂，又称香楠厅，位于新吴区硕放街道，是明嘉靖七年（公元 1528 年）进士曹察所建宅第，曹氏后人于清代改为家祠，名"昭嗣堂"。

七绝三首·三公祠

其一

携起步弓量地亩，
厘清赋税惹权门。
时光过往石碑在，
刻下千秋坦荡魂。

其二

忠勤善举冤遭贬，
怎忍浑天乱赏罚。
湖畔筑祠成纪念，
凭心仗义是华察。

其三

仰天不涸清泉水，
立地长存四柱亭。
为有三公名载史，
后人来此总怀情。

　　注：三公祠位于锡山区鹅湖镇，明嘉靖
三十六年（公元 1557 年）由翰林学士华察始建，
"三公"指明朝孙慎、翁大立、王其勤三位官吏，
建祠是为纪念他们丈量土地、清厘田赋、造福一
方的功德，祠院内有石刻碑记以及思泉井和思泉
亭等。

七绝·华学士坊

太师誉满比王侯，
戏语今离史事由。
欲探华宅真景象，
东亭街上古牌楼。

注：华学士坊位于锡山区东亭街道学士路旁，始建于明嘉靖年间，原为翰林学士无锡人华察（华太师）府第大门，后改为牌坊式景观建筑。

浪淘沙·观湖山歌碑

福地震泽边，
望水盈南。
人间幸有此家园。
鸥鹭啄波歌富庶，
境胜桃源。

峰岭任时迁，
树映青天。
鼋头四季各新颜。
一览仲山情动处，
恰是娇妍。

注：湖山歌，系明嘉靖年间（公元1567年前）进士王问（号仲山）隐居于无锡宝界山旁湖山草堂时所作，其书法刻石碑现存于鼋头渚"憩亭"内。读碑看景，有感而填浪淘沙。

七律·淘沙巷

城隅街口淘沙巷，
黛瓦青砖筑雅轩。
茶座聚朋闲扯远，
酒楼生意叙言间。
烹食香气弥灯下，
迎客旗幡荡水边。
古坊遗石身影在，
由它见证那些年。

注：无锡南门桥堍的淘沙巷，是体现古运河风貌和市井文化的一条亲水街巷，存有为纪念明隆庆二年(公元1568年)进士无锡人龚勉而建的"首藩方岳坊"等古迹。

西江月·东林书院

古有龟山重礼，
求师亦显贤风。
寒天造访见真诚，
雪地门生立等。

不枉道南壮志，
东林论世相争。
心言大气挂堂楹，
后辈扬眉唱咏。

　　注：北宋著名学者扬时（号龟山先生），为东林书院前身龟山书院开创者，杨时曾拜宋代理学家程颐、程颢为师，与老师之间有"程门立雪"的故事。

七律·清名桥

城南河港水流深，
最念桥缘两岸人。
阶踏百叠生月影，
虹来一架映波纹。
观今风采思及古，
至晚喧声闹到晨。
过往众行天记数，
花岗石板渐留痕。

注：无锡南门外的清名桥，始建于明朝万历年间（公元 1620 年前），旧名清宁桥，是古运河上江南水乡风情的点睛之景。

忆江南三首·清名桥

其一　　石桥美，
　　　　一拱望如虹。
　　　　不限万千驮过客，
　　　　经年数百誉清名。
　　　　惠利众人行。

其二　　石桥老，
　　　　自古跨波横。
　　　　栏柱岁长棱角去，
　　　　台阶日久踏痕生。
　　　　顾望起怜情。

其三　　石桥在，
　　　　寒暑任匆匆。
　　　　河水涟涟流未止，
　　　　乡思远远梦中萦。
　　　　倩影是依凭。

七律·顾宪成纪念馆

张泾街上立祠门，
纪念东林创始人。
恨让高才成落魄，
惜遭乱世枉精神。
且辞殿政兴衰事，
来讲官民善恶心。
志在苍生情未已，
忧国道义总留存。

注：顾宪成，无锡人，明代学者，东林党首领，纪念馆位于锡山区锡北镇张泾泾声路，内有顾宪成石像以及端居堂、同人堂、状元厅等建筑。

七律·高子水居

纪念堂边绿树森，
似言高子弃凡尘。
鱼池头上居寒舍，
景逸轩中韫热忱。
夙愿修习研世象，
诚心载道讲经纶。
于今水榭凭栏处，
总有新人忆古人。

注：高子水居，在滨湖区金城湾北岸的水居苑湿地公园内，是纪念明代东林先贤高攀龙的历史文化景点，有高子石雕像、书画碑廊，还有五可楼、莲花塘以及精巧的台、榭、阁、轩等，湖光辉映，清净幽雅。

七绝·宛山石塔

居巅石塔探云高，
数百年轮蓄势豪。
缘有报亲成故事，
宛山藉此景妖娆。

注: 位于锡山区羊尖镇宛山顶上的宛山石塔，原名报亲塔，始建于明嘉靖二十六年（公元 1547年）。

乌夜啼·高子止水

官途受制奸雄，
岂甘从。
在野为国清议，
亦难容。

蹈水渚，
避崖谷，
似孤鸿。
愤把满腔伤恨，
殒池中。

注：高子止水即明朝天启六年（公元 1626 年）东林党领袖高攀龙投水捐躯处，位于无锡市城内水曲巷。

南乡子·华氏宗祠

湖荡隐清流，
黛瓦墙边柳细柔。
昔日相别身几转，
回眸。
桥堍河湾渡水舟。

岁月数春秋，
总有心思念不休。
四处漂泊存顾盼，
乡愁。
且酿深情梦故楼。

注：位于锡山区鹅湖镇的华氏宗祠（始迁祖祠），是全球华氏后裔文化交流、祭祖省亲的聚集处，始建于明崇祯六年（公元1633年），2015年重修。

锦缠道·在水墩庵吃面

路远郊行，
引颈把风光看。
转山湾、乐游无倦，
腹空脚累寻食馆。
入问佛堂，
何处能吃饭？

谢庵中应承，
素汤斋面，
热腾腾、酱菇鲜软。
饿肚时辰幸得吃物，
复思滋味，
至此说缘善。

注：水墩庵在锡山区锡北镇斗山旁，始建于
明代，内有无锡斗山古生态碑陈列馆。

七绝·西青草堂

龙头渚上数年庚，
听响穿林动水声。
僻境能来车马少，
湖边静坐钓鱼翁。

注：明代隐士钱西青，曾在无锡马山龙头渚
修筑草堂，于湖山间过着隐居生活，草堂外的湖
边有西青垂钓处古迹。

七绝·访万寿庵

古庵远隐乡间路，
几过村河复绕宅。
行到黄墙初入眼，
念佛声响已传来。

注：万寿庵在锡山区东港镇东升村，相传建
于明代，内有百年树龄银杏树一棵，清代所立石
碑两块。

临江仙·访钓渚渡桥

自古卫浜多水域，
浮光闪动鱼身。
曾经三孔映波痕。
花岗石拱上，
通贯两乡村。

谢埭荡头今变样，
新桥跨架清粼。
先前旧影总难寻。
年轮消往事，
钓渚尚名存。

注：钓渚渡古桥始建于明代，清代重建，三孔石桥的一头连常熟的张桥，另一头连无锡锡山区的厚桥谢埭荡，横跨卫浜河上，现已改建为钢筋水泥公路桥，名钓渚大桥。钓渚，原义指架桥地的地形，读音为吴语土话的"鸟嘴"，渡为"大"。因环境改变，在原址难以保护，古桥已迁建于常熟沙家浜。

七律·横山草堂

望湖雪浪朝天起，
一道峰峦坐地横。
鹊鸟喊喳隔叶语，
学人顿挫诵书声。
今逢岁月新庭园，
已往时光旧草棚。
秋日高墙迎细雨，
楼堂静静历山风。

注：无锡城南依雪浪山东麓，有横山草堂，是明清时文人雅集场所。

七绝二首·西水墩

其一

沿周四望离河岸，

竹树浓荫掩粉墙。

静静闲桥隔界外，

幽然乐在水中央。

其二

河心墩上柳枝条，

春水梁溪显应桥。

古景新添文化气，

欢声群艺响歌谣。

注：西水墩在无锡古运河环城段与梁溪河交汇处，是四面环水的河中小岛，方圆十亩，上有明、清古迹，建有群艺馆等，已成为文化公园。

七绝三首·观古生态碑有感

其一

鸟语花香入万家，

池清水好乐鱼蛙。

山田自享原石土，

古有碑约不许挖。

其二

世人环境协和事，

前辈先说几百年。

傍地依山期获利，

开发莫毁子孙田。

其三

环保虽多赏罚文，

守恒实干可成真。

留得绿水青山在，

胜似瑶池哺养人。

　　注：锡山区锡北镇斗山古生态碑，有"中华生态保护第一碑"之称，共有三块，分别为清康熙八年（公元1669年）刻立的禁约碑、康熙十年（公元1671年）刻立的放生池碑以及清嘉庆十六年（公元1811年）刻立的永禁碑。

七绝·迎龙桥

角黍香包置祭台，
城南水岸号声嗨。
小桥湾外长河阔，
绘彩龙舟竞渡来。

注：迎龙桥在梁溪区棚下街南端外环河上，始建于清乾隆三年（公元1738年），有一种说法是因端午节龙舟赛于此为终点，故有"迎龙"之称。

五律·华氏义庄

北仓河荡岸，
华氏义庄开。
济困添希望，
崇德益未来。
贫家知善意，
学子暖情怀。
数百年头去，
今存古老宅。

注：位于无锡荡口古镇的华氏义庄，清乾隆七年（公元 1742 年）创建，是济贫救困的家族慈善机构。

五古·薛司娘桥

时年清嘉庆，　战乱起刀兵；
疫病亦肆虐，　百姓盼安宁。
难觅救世主，　造寺拜神明；
薛姓司姓者，　倾力施募征。
妇捐银二万，　不露自身情；
邑人多感佩，　尊作娘娘称。
筑殿细选址，　青荡适佛庭；
四面合气势，　八方利人行。
院旁辟路径，　隔河架桥通；
为念善义举，　薛司娘桥名。

注：薛司娘桥在锡山区鹅湖镇青荡村，原清
嘉庆年间建造时为石孔桥，现有桥是改建的。桥
旁有与原桥同年代始建的植福禅寺，又名植福庵、
薛司娘娘庙。

一剪梅·留耕草堂

墅院楼阁水影浮。
荷沼无俗，
绕径形殊。
植松已享百年福。
入眼情如，
意适怀舒。

但愿人心莫忘初。
四野田屋，
万卷诗书。
期能蓄志念耕读。
额匾墙图，
细述潜庐。

注：留耕草堂又名潜庐，位于梁溪区惠山上河塘，始建于清代，祀主为无锡名贤清道光二十七年（公元 1847 年）进士杨延俊等四人。

五律·五里香塍

城郊通内外，
车马赖驰歇。
祭祖行香日，
迎神庙会节。
店开门口市，
人逛路边街。
今觅香塍景，
时迁貌已别。

注：五里香塍，原指无锡西门至惠山的一条
大道，后因路、河改道大部分被湮废，现只有靠
近惠山古镇一段街头存有清咸丰六年（公元1856
年）所立石碑，横额砖刻"五里香塍"四字。

七古·安阳书院

　　锡西此处蕴文气，古朴书院号安阳。四周绕水一块地，院舍建驻水中央。跨河老桥通内外，银杏大树迎两旁。平屋洁简无华丽，落地门扇木格窗。绿草青竹盈花圃，石栏清池小荷塘。飞檐凉亭镇苑角，叠砖铺地接庭廊。柱联对句警心语，厅眉悬匾慕贤堂。夫子塑像表文脉，文社聚才志四方。闻道修身行仁义，怀德立世著篇章。岁月流逝时光远，浓重底蕴溢书香。古院今在新校内，青春学子笑声朗。幸福成长知奋斗，舍我其谁做栋梁。

　　注：安阳书院位于惠山区阳山镇阳山中学校区内，始建于清同治三年（公元1864年）。

七律·茂新面粉厂旧址

旧貌如昨忆百年，
茂新面粉有渊源。
红砖楼聚营销客，
西水河来运货船。
肇始能筹合股份，
重开未惧毁狼烟。
发端一地工商业，
首立功勋在世间。

注：茂新面粉厂旧址位于梁溪区振新路415
号，该厂创办于清光绪二十六年（1900年），是
无锡第一家机制面粉厂。

五律·游城中公园

人多气氛足，
客众笑声呼。
无事神能爽，
有朋意不孤。
喝茶添热水，
唱戏伴京胡。
乐此城中景，
闲游亦是福。

注：地处无锡城闹市中心的城中公园，始建于清光绪三十一年（公元 1905 年），曾有"华夏第一公园"之称，现已成越来越多退休老人的休闲乐园。

谒金门·严家桥古村

屋高矮，
聚住人家成百。
巧匠叠搭砖瓦块，
匀黑白色彩。

风土乡情未改，
流水小桥犹在。
多少时光多少爱，
存悠然气概。

注：严家桥古村在锡山区羊尖镇，村里有好
几处清代所建民居和石桥。

七绝·小娄巷

城中小弄进深宅，
历代层出济世才。
巷里花墙幽静处，
百年老树牡丹开。

注：小娄巷是无锡城中一处历史文化街区，
有"江南书厢""无锡才巷"之誉，自宋代起，
曾有状元、进士、举人以及现代的院士、高校校
长等数十人出于此，巷内还有一株清代所植的牡
丹。

七律·薛福成钦使第

志士生平意气宏，
身心不在旧学中。
护国强武顽敌惧，
经世行文著述丰。
故里楼屋廊绕转，
乡思院落径回通。
于今府邸清幽处，
铭记薛家往日功。

注：薛福成故居建筑群修建于清代及民国时
期，位于梁溪区学前街。

七律·董欣宾故居

盛世能兴文化事，
董宅名起誉村郊。
幸从水墨凝才气，
乐在江南润笔毫。
旧舍新通尊士路，
横河竖架敬贤桥。
一方院貌真如画，
黛瓦白墙绿树高。

注：董欣宾是当代著名国画家，其故居为清末乡村民居建筑，在锡山区锡北镇，现故居旁有欣宾路、欣宾桥。

七律·巡塘镇

江南乡邑傍清波，
镇号巡塘乐枕河。
店舍连街营市利，
石桥跨岸待船泊。
水边田沃栽千树，
院里书香寓万和。
妙趣招来闲逸客，
无锡老酒尽情酌。

注：巡塘镇位于无锡太湖新城尚贤河湿地公园内，房屋及亭台楼榭古色古香，有清代石桥、民国老街、万和书院，还有无锡老酒专卖店等各色店铺，展现江南水乡风情。

七律·梅园春景

又是梅园春色好，
芳菲满树万人行。
地无冻雪凝寒景，
天有和光抚暖晴。
喜看新枝发嫩萼，
当思沃土育华英。
念叨塔下欢喧语，
拍客拈花摆造型。

注：无锡梅园始建于1912年，位于无锡市西郊，是赏梅胜地，每年入冬时节起，蜡梅生香，到春节前后，更是各品种梅花开放，游人如织。

忆秦娥·梅园春早

年头上，
残寒雪里春风响。
春风响，
梅园嫩蕾，
怎般开放？

聚来游客依山岗，
念劬塔下扬眉望。
扬眉望，
树枝斜处，
指新花赏。

五律·念劬塔

依山添立塔，
不止耀风光。
花叶谁无本，
孩儿自有娘。
念劬怀敬意，
忆故动心肠。
祈愿形于此，
梅开作供香。

注：梅园中的念劬塔，著名实业家荣宗敬、荣德生于 1930 年建，塔名出自《诗经·小雅》中"哀哀父母，生我劬劳"之句，以示怀念父母。

五绝二首·秋游梅园

其一

秋到梅园好，

天晴日色长。

轻风拂客脸，

一路桂花香。

其二

秋风含冷意，

梅树待严冬。

蕴有丹心在，

花开映雪红。

七绝·游无锡梅园腊梅苑

春前最好此花香，
绽蕾金梅蜡瓣黄。
不怨难合天意暖，
大寒日里自芬芳。

五绝二首·踏雪赏梅

其一

城西嘉树醒，
正月启芳音；
情愿寒中艳，
教人踏雪寻。

其二

琼苞沾老树，
鹤羽衬新梅。
莫叹银装炫，
东风步已随。

五律·开原寺

钟声韵寓禅，
寺外尽花田。
嫩蕊先知暖，
虬枝可耐寒。
绿荫弥路径，
香气蕴山岚。
院殿熏陶久，
清芳欲胜檀。

注：开原寺在无锡梅园内，相传唐朝时曾有寺庙始建于此，现有寺于1930年开建，1934年落成，1958年中断，至1983年重新修复。

鹧鸪天·鼋渚风光

山渚神鼋入水趴，
具区景色此绝佳。
粼光帆影风吹动，
浪阵扑堤万朵花。

波广阔，
涌哗啦。
涛声弄响戏鸥鸭。
日腾湖气朝天去，
漫作横云跃上崖。

注：鼋头渚是太湖西北岸的一个半岛，自
1916 年起开始园林建设，新中国成立后进行了大
规模的扩建，鼋头渚已成为无锡市最经典的山水
风景区。

七绝·鼋头渚即景

太湖好景自天成，
神态鼋头是象征。
灯塔岸边拍客众，
黄连树下起欢声。

注：太湖鼋头渚近灯塔的湖岸上有棵枝繁叶
茂的黄连树，是百年老树。

调笑令·一勺泉

山径，
山径，
渚上松竹翠岭。
苔石润隙鲜颜，
涓滴聚作静泉。
泉静，
泉静，
能鉴行来客影。

注：一勺泉，在太湖鼋头渚广福寺南面的山
路边。

七古·冬日鼋头渚

天生无锡好地方，寒来山水不凄凉；鼋头岸树存青色，三山岛影映霞光。红枫蓝天颜如画，芦擎白绒欲飞扬；长春桥下池清浅，残荷还遗六月香。冬至已孕春涛日，太湖波微势苍茫；远处渔舟恰起网，鸥鸟舞动劲翅翔。

临江仙·到鼋头渚广福寺

径上充山寻梵地，
鼋头绮丽风光。
向天湖水意苍茫。
一勺泉井处，
转角见佛堂。

尘世因缘凭事物，
寺中三宝安藏。
小南海里置食坊。
客来尝素面，
入口溢鲜香。

注：位于鼋头渚风景区内的广福寺，建于民
国时，倚山面湖，寺里的鸵鸟蛋、百鸟图古画、
明末抗清义士杨资渊铁鞭，有"镇寺三宝"之称。

七绝·广福寺外翠竹林

青青半岭茂竹林，
寺外年年叶色新。
春日拔节风骤静，
僧家入耳响清音。

七绝·徐霞客塑像

感恩最是母深情，
一任儿郎万里行。
阅罢神州山与水，
功成不枉此生平。

　　注：鼋头渚有游圣徐霞客塑像，曾到江阴参观徐霞客故居晴山堂，内有徐母教子像。

惜分飞·见沈瑞洲故居

雪浪方桥居沈氏，
一代工商巨子。
业盛播名世，
多情频助兴学事。

旧舍应愁年月逝，
漏瓦常遭水渍。
文物难安适，
时长期莫成遗址。

　　注：沈瑞洲与其父亲沈和生是近代民族工商业家，曾在沪锡地区有"桐油大王"之称，沈瑞洲热心教育事业，多次以巨资相助，沈家故居在滨湖区太湖街道方庙社区方桥街。

七绝·万和书院

巡塘镇里旧石阶，
绿水轻波柳影斜。
庭院花窗幽静处，
时来老少论国学。

　　注：万和书院由一座始建于 1925 年的老宅屋
改建而成，位于滨湖区尚贤河湿地的巡塘古镇。

五律·万顷堂

立础依山筑，
堂门照水开。
行舟接渡口，
看景踏坪台。
雾散风如意，
天晴日释怀。
三山叠浪影，
或认是蓬莱。

注：万顷堂在滨湖区管社山庄内，于1916年在原古庙殿宇基础上重建而成，所处位置正对太湖三山，是观湖赏景佳地。

好事近·中国丝业博物馆

很早那时光，
河畔茧绸成市。
客货车船来往，
盛名能赢世。

丝都在此有源头，
物证百年事。
缫络缠摇机器，
作无声宣释。

注：中国丝业博物馆位于无锡古运河大公
桥堍。

七律·中国共产党
无锡第一支部成立地

第一支部史间闻，
锡地城中旧迹存。
多寿楼边集志士，
公花园里酿风云。
情从马列成国事，
愿为苍生铸党魂。
访客今来生感叹，
壮哉先辈这些人。

注：无锡地区最早的中国共产党组织，于 1925 年 1 月在城中公园多寿楼西侧空地上诞生，现该地立有纪念石碑。

五律·春到蠡园

时光消凛意，
芳草绿坡坪。
丽日着花艳，
平湖荡水轻。
掠波鸥起舞，
绕岸客穿行。
若念蠡园好，
春来最有情。

注：蠡园位于滨湖区的蠡湖之滨，于 1927 年起开始修建，至 1936 年基本成型。

五律·四季亭

尘世置瑶台，
娇颜映水开。
望空云舞步，
听岸浪节拍。
檐角芳香绕，
栏端翠色挨。
湖光仙景里，
四季有人来。

注：蠡园内沿湖有四只造型如一的亭子，意蕴春、夏、秋、冬四景，分别名为溢红、滴翠、醉黄、吟白。

五律·百花山房

丽色呈房阔，
斜阳照壁晖。
翘檐赢气势，
横匾亮门楣。
廊角依棕树，
庭前绽紫薇。
图呈吴越景，
逝事怎堪追。

注：蠡园内的百花山房始建于 1930 年，房厅以及回廊分别陈列蠡园发展历程、春秋吴越历史以及范蠡西施故事的蜡像和图画。

五律·千步长廊

壁水沿廊秀，
湖光入眼明。
疏栏观景远，
月洞望天清。
碑壁书奇语，
榭桥塑异形。
窗花难数遍，
回首乐重行。

注：蠡园内的千步长廊，面湖而筑，各色漏空花窗、栏槛水榭、月洞门、题额碑刻等纷呈其间。

鹊桥仙·冬游蠡园

船歇客少，
桥闲榭寂，
宝塔波心峭立。
蠡湖岸上任独行，
兀自享、清幽静气。

风吹冷树，
寒凝冻草，
腊月生机似闭。
桃知柳懂待春时，
便又有、撩人艳丽。

七律·秦起烈士铜像

廿岁年华令叹惜，
当年秦起勇捐躯。
为民抗恶情常在，
舍命求真志未移。
凝重青铜镕塑像，
英豪俊貌立石基。
后人若道梁溪事，
今日还应记往昔。

注：无锡人秦起，1907 年 1 月生，1925 年加入中国共产党，1927 年 4 月牺牲，是无锡工人运动先驱者，城中公园内有 1988 年树立的秦起烈士铜像。

七绝·访聂耳亭

感慨重温大路歌，

英才豪气世难得。

遥知海阔东洋远，

此去无归叹奈何。

注：聂耳是《义勇军进行曲》作曲者，在鼋头渚公园内有聂耳亭，1934年9月，人民音乐家聂耳在这里创作了著名的《大路歌》。

七律·秦邦宪

衰情革命走天涯，
学子离乡为万家。
不惧前行多起落，
甘求真理尽通达。
新闻开拓心全赴，
统战奔忙力未乏。
正在征途身逝去，
人间历史念英华。

注：中国共产党早期领导人秦邦宪旧居位于
无锡市崇宁路西端，内有秦邦宪生平事迹陈列。

五律·登斗山顶见国耻石

凸石耀日中，
褐色映苍松。
未画今朝景，
还书过往情。
国家争自主，
战士抗欺凌。
望此生思绪，
如闻炮火声。

注：无锡城北斗山顶，有块露出山土的大石，上面刻"国耻石"三个大字，下面另刻有一段说明文字：1937年冬，在遏制日军西犯之阻击战中，中国军队壮烈牺牲于斗山，血石映青松。

五绝·参观新四军六师师部
旧址纪念馆

曾流先烈血，
始展五星旗。
史馆说江抗，
今人记往昔。

注：新四军六师师部旧址纪念馆在锡山区锡
北镇寨门村，展示新四军在无锡地区的一段抗日
岁月，"江抗"为江南抗日义勇军的简称。

七律·无锡市革命烈士陵园

山光肃穆映青松，
石塔巍然入碧空。
壮士情怀真理重，
先人血染战旗红。
凭生誓解神州困，
忘死缘争世道公。
惠麓丰碑铭历史，
时来后辈赞英雄。

注：无锡市革命烈士陵园位于惠山北麓，始
建于1953年。

七律二首·清明时节

其一

春深草木茂如痴，桃李飞花竞艳时。

漫舞东风呵嫩叶，轻飘细雨沃新枝。

踏青意趣游人懂，祭祖虔心后辈知。

又见柳梢娇燕舞，相约岁岁未来迟。

其二

春风吹作思亲梦，魂入青山那一边。

柏树抽枝别旧色，碑文描彩换新颜。

欲言倾诉心头念，自晓相隔世外天。

又忆昔时同苦乐，今来恨你恋黄泉。

注：清明前后一段时间，锡城一些道路上涌动着返乡祭祖、缅怀先人、踏青扫墓的人流，成为每年清明节的一道风景。

七律·参观王昆仑故居

鼋渚幽坡植古柏，
湖风拂馆润阶台。
逐观展物宣豪气，
细品题文喻壮怀。
许愿国家宏伟计，
投身社会栋梁才。
修学助养昆仑志，
大爱精神总不衰。

注：王昆仑，无锡人，著名政治活动家，曾任民革中央主席等职，其生平事迹展设在鼋头渚七十二峰山馆（王昆仑故居）内。

七律·钱钟书

绳武堂前绕父膝，

志游学海探新奇。

未迷远路行中外，

只为篇章论作息。

聚力深研经典册，

凝神细解管锥题。

书文泰斗高风范，

处世谦谦若布衣。

注：钱钟书先生是中国现代的文学研究家，无锡人，钱钟书故居位于梁溪区新街巷。

五绝·参观中国乡镇企业博物馆

经济谋发展，
能赢苦干中。
工农齐创业，
乡镇有英雄。

注：位于锡山区东亭中路的博物馆，以翔实
内容展示了乡镇企业发展的艰难和辉煌。

七绝·春雷造船厂船坞

凿锤震响春雷动，
盖坞棚中造舸舶。
努力图圆发展梦，
如船驶远渡江河。

注：春雷造船厂建于 1954 年，六十年代鼎盛
一时，九十年代停产歇业，是无锡地区乡镇企业
萌芽的印证，遗址位于锡山区乡镇企业博物馆内，
有船坞、造船模型等展物。

七绝·访姚桐斌故居

江南才俊爱国心，
咬定科研忘我拼。
黄土塘村迎喜报，
一星两弹立功勋。

注：姚桐斌（1922-1968）是我国著名科学家，
无锡人，1999 年被追授予"两弹一星"功勋奖章，
其故居在锡山区东港镇黄土塘村。

菩萨蛮·三山

湖中一百八十亩，
悠然坐看千帆渡。
伴水历年轮，
起伏龟显神。

山形波映舞，
翠色拥白鹭。
到此觅仙人，
向天情入云。

注：无锡太湖中离鼋头渚不远的三山，俗称乌龟山，又名太湖仙岛，总面积180亩，1954年起建园造景，风光娴静雅致。

虞美人·映山湖

曦光唤动微波醒，
便揽东峰影。
欣闻喧笑启新晨，
尽展和风清气待游人。

悠然仰看云深处，
西岭斜阳入。
含山玉镜有娇颜，
一片涟漪常映水中天。

注：惠山和锡山中间的映山湖，开凿于1958
年，为锡惠景区平添湖光山色美景。

七律·锡剧

吴歌乡里萌锡剧，
磨砺时光地气浓。
演绎滩簧酌试舞，
变革对子渐成型。
嗓柔梅调吟心曲，
音亢彬腔唱道情。
戏满神州花万朵，
江南艺苑有佳声。

注：滩簧、对子，锡剧产生初期的表演形式；
梅调、彬腔，指著名锡剧演员梅兰珍、王彬彬的
演唱风格。

七绝·题技校毕业照

技校同窗忆有缘，
青春至此变从前。
当年共摄锡山影，
塔显龙光映笑颜。

注：1976年3月锡山龙光塔下，无锡红星刀剪厂技校毕业生及厂领导、老师合影留念，时隔四十多年，有同学将老照片在微信群中展示，有感而题。

七绝·为同伴题照

扑面迎来靓丽风，
怡然笑意自心成。
锡城好景花常在，
伴此馨香曼妙情。

五律·六顶

乾坤置此身，
聚首亦难分。
雾露滋群岭，
风光共日辰。
鸟欢闻使静，
水近促生荫。
草径林中窄，
空灵少见人。

注：太湖东南岸一组山峰，古时名"六顶"，1980 年无锡太湖景区规划时曾拟名"六顶迎晖"，后正式定名"鹿顶迎晖"，山峰中高者为现今的鹿顶山。

七律·访阿炳故居

阿炳辛酸行艺日，
单将饱暖作前程。
叩询大地徒然问，
仰面苍天枉自争。
无望身遭一世苦，
有缘琴伴二泉声。
揪心曲调深情在，
月下弦音遍此城。

注：无锡民间音乐家华彦钧（瞎子阿炳）的故居在崇安寺老图书馆东南侧，墓在锡惠公园内。

五绝二首·桃花

其一
江南三月尾，
何处最春风？
只道阳山好，
桃花满树红。

其二
春艳绽如狂，
华英不企长。
为能结硕果，
入土亦风光。

五绝·秋枫

迎新发嫩绿，
雨露育从容。
笑待秋风冷，
霜来叶色红。

注：惠山脚下的愚公谷有几株长势茂盛的枫
树，深秋叶红，会引来拍客不少。

七绝·花吟（四题）

（一）白玉兰

笑别寒日由它去，乐请春风入我家。

晨看才停窗外雨，新开满树玉兰花。

（二）油菜花

农家日子依天地，算雨期风岁月忙。

愿景随播油菜籽，心花待放此娇黄。

（三）木槿

田边槿树茵茵长，碧翠枝丛缀粉花。

欲胜年头春意闹，金秋异彩艳如霞。

（四）樱花

长春桥上客如潮，绿意湖山愈显娇。

又是东风呵美景，繁樱花朵压枝条。

注：无锡鼋头渚除有中日樱花友谊林外，长春桥两旁樱花盛开时已成为特有的一景。

南歌子·兰花

蕊耸平肩嫩，
斑添翠叶神。
山中冷暖涧边存，
恰自蕴幽然傲世香魂。

静气凝荷瓣，
芳颜表素心。
时光水土草根身，
直面春秋只是个清纯。

注：太湖鼋头渚景区内的江南兰苑，培育有不少名贵兰花品种。

蝶恋花·紫薇

紫瓣绉纱芳色艳。
百日娇容,
赖有枝柯健。
仙子天来身影倩,
英姿万绿丛中炫。

桃李单随春意便。
入夏迎秋,
独你由人羡。
已受炎凉无所怨,
年年守信长相见。

注: 无锡园林中和街道旁紫薇常见,花期在6-9
月,长达百日,枝干洁净挺秀,花色柔和美丽。

渔歌子·冬日枇杷花

为叫来年果满枝，
花开雪季亦循时。
寒雨浸、朔风嘶。
枇杷叶舞笑天痴。

注：时值冬日，到无锡大浮山中果园，可见
枇杷树花儿盛开，枝满清香。

七绝·香橼

清白花蕾孕馨香，
雨雾风云见似常。
硕果应时秋满树，
笑迎寒露染金黄。

五律·尧歌里大树

苦槠苍老树,
雄劲立山陲。
日日听风舞,
年年望雪飞。
茂叶隔云霭,
斜枝待鸟归。
客来春色好,
青翠入心扉。

注:尧歌里古村位于滨湖区山水东路西边,山湾口有一棵树龄 280 年的苦槠树。

七绝·雪浪山上的古茶树

香茶老树宋人植，
耐过沧桑品未失。
一待春来泽雨露，
又发新叶满苔枝。

注：雪浪山南宋时就种茶，雪浪庵旧址旁现在还生长着 100 多棵古茶树。

七绝·马山古银杏树

入地虬根育杈桠，
枝头驻鸟唱吱喳。
寿超八百由人赞，
春绿成荫绽叶芽。

注：无锡马山桃坞西钮有一棵树龄 800 多年
的古银杏树，与之相对而立，感怀它所经历的日
月风雨，心生敬仰。

七律·香樟树

排棵护道利人行，
长势高粗壮硕形。
酷热遮荫枝显绿，
严寒映雪叶存青。
果悬应季圆身满，
芽绽迎新翠意萌。
固土滞尘樟树好，
蕴含香气满锡城。

注：1983 年，香樟树被选定为无锡市的市树。

眼儿媚·杜鹃花

英华何止野山中，
尘世誉佳容。
迎春沐雨，
芳菲向日，
斗彩临风。

最怜布谷深啼处，
花瓣染鲜红。
衔枝映绿，
娇姿尽显，
艳色情浓。

注：1983年，杜鹃花和梅花一起被选定为无锡市的市花。

七律·吴文化公园

巧缀乡篱成胜景，
朴实文化尽说吴。
百般立体鲜活画，
一部风情演绎书。
彩塑像形呈业态，
青砖院落展民俗。
西高山下游人乐，
至此还应赞燮初。

注：吴文化公园位于锡山区堰桥街道，1984
年始建；燮初，当地人高燮初，是该公园的致力
创办者。

七律·吟苑

幽径花池各半边，
砂盆缀秀榭亭间。
已添界外携来景，
可有林中沥响泉？
入眼芳菲叠水影，
遮头翠色满庭园。
恰宜轻举平和步，
结伴悠悠踏丽轩。

注：无锡吟苑公园在锡山大桥侧，于 1985 年建成，是花卉盆景艺术专业园林。

渔歌子·腊八游吟苑

吟苑冬寒草未黄，
池边幽静乐徜徉。
曲径角、饰花墙，
金梅老树溢清香。

踏莎行·唐城

筑垒围城，
墙高瓦碧，
勾檐壮势非凡气。
游人聚兴看惊奇，
大唐旧貌楼台里。

皇帝奢豪，
贵妃艳丽，
风华恰似春来季。
长安盛景逝千年，
江山永固谁言易？

注：唐城位于蠡湖宝界桥南的漆塘，是仿唐
代建筑的影视文化旅游景点。

五律·三国城

战马奔腾日，
群雄欲霸天。
纷争难鼎立，
自乱枉龙盘。
旧事归轮转，
新城演变迁。
临湖山色好，
游客乐休闲。

注：无锡三国影视城始建于 1987 年，位于滨湖区山水西路，依山傍湖，是影视文化与旅游相结合的主题景区。

五律·江南兰苑

坐隐充山侧，
随坡筑粉墙。
绕石闻涧水，
叠翠掩花房。
树密风柔软，
苔浓气涩凉。
清幽缘客至，
扑面有兰香。

注：江南兰苑在太湖鼋头渚景区内，于1988年建成。

点绛唇·冬游管社山庄

腊月梅开，
环湖静气浮幽谷。
日晖盈目，
耀洒山湖路。

旧貌山庄，
僻舍谁曾住？
苔深处，
老石楠树，
喜鹊飞来舞。

注：管社山庄在无锡西北端，靠近梅园，临山面湖，是山水风光极佳的开放式公园。

排律·灵山胜景

　　湖映朝阳光灿灿，坡栽银杏叶青青。蕴祥佛目能环顾，灌浴龙身似跃腾。树滤清风拂宝塔，池含碧水照坛城。善男愿染檀香气，信女魂合暮鼓声。挂念前来摸手脚，存心有待忆神情。诵经室内方停语，法事堂边又响钟。新筑石阶存古井，旧遗墙角绕花藤。景观过眼忽思忖，谁解禅机悟此生？

　　注：灵山胜景位于滨湖区马山风景名胜区，1994 年始建，于 1997 年基本建成。

苏幕遮·游水浒城

戏文传，评话讲；
好汉神奇，乱世争沙场。
笑我孩时生异想。
梦里曾寻，一百单八将。

大城门，深水荡；
酒店山旗，状似江湖上。
岁老难回童趣样。
今日闲来，只把风光赏。

　　注：水浒城位于滨湖区山水西路，是 1997 年
3 月起开放的影视文化旅游景点。

五律·九龙灌浴

莲花分瓣展，
太子显灵光。
灌浴尘埃尽，
萦身水幕长。
戒心无孽障，
护法有天王。
入世期行善，
众欢是大祥。

注：灵山大佛景区礼佛广场中央，按佛经故事建造了九龙灌浴动态景观，向观众呈现浴佛节的由来和庄严。

五律·无锡市图书馆

学海宽无止，
遨游自有门。
图文宣万象，
典册寓乾坤。
持报便凝目，
翻书亦会神。
常存心在此，
老少阅读人。

　　注: 无锡市图书馆的前身为无锡县立图书馆，1912 年创建，原址在崇安寺钟楼建筑内，1949 年更名为无锡市图书馆，2000 年 10 月启用的新馆位于太湖广场南端。

游西施庄（三题）

西施庄在蠡园景区内，建成于 2004 年，是蠡湖中三个小岛组成的岛屿，有廊道、栈桥相通，有楼亭台轩等景观建筑。

（一）醉花阴·西施庄

绿岛迷离云水处，苇叶遮船渡。

波映栈桥长，越女行来，倩影人间驻。

梦应曾踏家乡路，日月轮朝暮。

或忆浣纱时，故地相遥，此念凭谁顾。

（二）五律·浣纱女

天姿呈越女，乱世度芳华。

好勇当凭剑，良谋怎赖她？

观强积败势，待弱变赢家。

叹罢风云去，溪边忆浣纱。

（三）五律·望越亭

芦花秋色重，五里水茫茫。

日落亭身暗，风腾雾气凉。

清波叠绕侧，翠岭矗依旁。

欲览湖山景，生情念故乡。

七绝·到鹅湖镇（四题）

　　闻着桂花香游览了位于无锡东南的鹅湖镇，极具江南水乡特色。

（一）看风景
闲来率性走乡间，
欲探风光在哪边。
临岸远观心畅阔，
鹅湖水色照秋天。

（二）湖边行
沿湖岸外养鱼塘，
蔓草直堤划四方。
鹭鸟飞来惊水响，
鲜活聚在水中央。

（三）菜园子

秋树生红又柿熟，

篱边韭叶顺茬出。

风拂架角悬瓜晃，

日映白墙衬翠竹。

（四）农家乐

绿树林边筑一家，

葡萄架下饲鸡鸭。

常迎假日悠闲客，

来看屋前艳丽花。

采桑子

江南四月桑花落，
浆果悬枝。
紫粒凝脂，
摘下还嫌入口迟。

香汁浸润喉头爽，
贪咽如痴。
抿嘴无辞，
留齿清甜难忘斯。

注：亲戚家的院子里种着一棵果桑树，已有大人的手腕粗，树梢长到二楼了，春尾夏初桑子熟，我就沾光享口福了。

七绝·端午枇杷熟

枇杷满树映骄阳，
绿叶枝头硕果黄。
今遇甘甜端午暖，
曾凭花蕾历寒凉。

注：在冬冷、春寒时，曾见枇杷树次第开花，
孕育着入夏的果实，到端午，枇杷熟了。

七绝·尝新桔

秋日山林翠里红，
大浮桔味正香浓。
尝新应季心生乐，
不止清甜在口中。

注: 无锡市郊大浮山区果树繁茂,秋日桔子熟,
翠叶缀桔红，一幅丰收美景图。

破阵子·无锡博物院

畅意身蒙日彩，
高楼亦显娇容。
一道水光石色影，
万种深沉历代情。
豁然宽阔厅。

泥塑锡城记忆，
图文韵演吴风。
古物年长存旧史，
科技时新展不同。
变迁能觅踪。

注：位于太湖广场南侧的无锡博物院，建成于 2007 年 10 月，是无锡市具有标志性的公共文化设施。

游龙寺生态园（四题）

（一）

点绛唇·到龙寺

岭下风轻，
林中鸟语闻如噪。
涧流出坳，
耳享柔声调。

日换时迁，
万物别原貌。
深山庙，
院旁幽道，
草长人行少。

注：龙寺又名成性寺，位于滨湖区雪浪街道龙寺生态园内，前身称"孚泽庙"，始建于五代十国后唐，寺内有"大圆满觉"匾、李纲碑、铁鹤三宝。

（二）
七绝·灵官殿

灵官殿里说悠久，岁月能依古树凭。
唱诵敲钟声响处，亦含银杏伴随情。

注：灵官殿始建于明代，院内有一棵 400 多
年树龄的古银杏。

（三）
浣溪沙·薛福成墓

军嶂山边绿树荫，
松枝欲掩垒石坟。
锡城才子立名门。

使外戍关豪气概，
呈言著述见精神。
贤能风范励来人。

（四）

七绝·玫瑰园

枝杈田间顺垄排，
花工巧手费心栽。
时来风暖飘香日，
惹眼娇容朵朵开。

七绝·参观农博园

造景锡东育果蔬，
山前垄亩莳花株。
树繁不惧霜寒日，
总有青枝叶未枯。

注：无锡现代农业博览园位于锡山区安镇街
道，于 2008 年 5 月建成开园。

观农博园二十四节气刻石吟得（二十四题）

农博园内有二十四块大石列于道旁，每块石上各凿刻二十四节气的一个节气名称，并配有古代节气征候阐释内容，篆字刻文化，艺术表传承，观之有趣，逐以二十四个节气名为题，各作七言绝句诗如下。

（一）立春

寰球转到东风起，销散寒天冻地魂。

透冷冰凌趋遁影，今朝万物喜迎春。

（二）雨水

逢春草木思苏醒，回暖枝柯欲绽新。

正解萌芽求润意，天公恰好降甘霖。

（三）惊蛰

雷声震响催春意，抖擞乾坤赖此音。
专请世间迷睡物，来听霹雳炸惊心。

（四）春分

最是春分时令好，树头绿满嫩枝梢。
和光丽日晴天下，风暖田间长麦苗。

（五）清明

燕归嬉柳斜身舞，麦叶铺田翠色盈。
地纳和风添靓丽，天来好雨见清明。

（六）谷雨

柳絮飞来报暮春，枝头已响杜鹃音。
风中细雨除霜气，郊外闲田点豆人。

（七）立夏

辞寒到此时逢夏，风里应觉暖意来。
日下路人衣欲敞，稍行劳作汗流腮。

（八）小满

夏来麦穗含浆饱，籽内虚松养欠足。

尚待灼灼炎日照，方能长满到成熟。

（九）芒种

闷风涩气雨将淋，瞬变节茬贵似金。

割麦翻田芒种日，地间转莳稻秧新。

（十）夏至

时逢夏至人如草，身赖阳蒸气势狂。

热旺升浮神欲散，医生叫你莫贪凉。

（十一）小暑

莫愁烈日射云开，心静登得火焰台。

洒汗乘凉皆自在，熬人暑热任它来。

（十二）大暑

街头树静蝉声响，扇舞催人燥汗流。

辗转闷烦眠半夜，朝来日下念清秋。

（十三）立秋

热风渐去浓云少，气爽饶人目力清。
白日登高观景远，天空入晚月儿明。

（十四）处暑

人经燥日三伏久，只恼薄衫被汗湿。
入夜还嫌风未至，清晨已是雾来时。

（十五）白露

蒲扇竹席归拢去，秋风夜雾带凉来。
睡前已备长衫在，早起出门看露白。

（十六）秋分

金轮玉镜无休转，明暗互呈比胜强。
今日夜昼成各半，老天秉正断阴阳。

（十七）寒露

向南雁阵飞天过，冷树枝头雀鸟稀。
风里暮秋寒露重，叫人逐日渐添衣。

（十八）霜降

朔风卷地草枯干，枫叶生红欲拒寒。

放眼还说秋色好，菊花霜里念南山。

（十九）立冬

江南勤快弄田人，不叫农时误半分。

谷豆秋收仓已满，又忙种麦小阳春。

（二十）小雪

天凝冷屑飘飘落，万物生机闭塞中。

寒鸟孤鸣流水滞，时节至此入严冬。

（二十一）大雪

玉龙降落伏原野，待化春泽抵旱天。

若是田头无瑞雪，农民汗水润丰年。

（二十二）冬至

夜长冬至地头闲，备下吃穿待过年。

或有贫家柴米少，薄衣缩颈怨寒天。

（二十三）小寒

最冷冬临三九日，萧森落木愈枯残。

梅枝独孕新花萼，雪里生发斗小寒。

（二十四）大寒

万里冰封时已久，云头少有日光开。

天知地晓人间冷，唤你春风赶紧来。

阮郎归·游荡口古镇

北仓河上客悠闲，
徜徉旧墅间。
老墙门里忆先贤，
碑铭述变迁。

清水淌，
小桥连。
石街仰碧天。
锡东乡土有渊源，
今凭古镇传。

注：荡口古镇位于锡山区鹅湖镇境内，极具
江南水乡特色，2010年被评为中国历史文化名镇。

七绝·无锡大剧院

大桥头上观楼景，
湖水波前矗地标。
入晚华灯呈亮丽，
常闻戏剧演新潮。

注：无锡大剧院于 2012 年建成，位于蠡湖大桥东侧，设计新颖，功能先进，可与悉尼歌剧院媲美。

七绝二首·拈花湾

其一

祥符寺外路迂回，

空谷平湖鹭鸟飞。

山下花田多访客，

欲随仙子映芳菲。

其二

灵山秀水缀青荫，

香月檀中漫妙音。

若问吃茶何处去，

拈花一笑已清心。

注：灵山小镇拈花湾景点位于滨湖区马山风景名胜区，于2015年11月建成开放。景区有香月花街、妙音台、吃茶去等景点名号。

七绝·冬日蠡湖边漫步

日光势委暖风休，
波面寒凝滞水流。
落叶疏林湖岸静，
忽闻鸟唱在枝头。

注：2016年1月24日，无锡最低温零下八度，
蠡湖面结冰，岸边芦杆枯黄，然而，萧瑟中仍有
觅食鸟儿的叫声。

七绝·参观吴成革命传统教育基地感言

民族兴旺祈后生，
前辈心牵晚辈情；
红色耕耘无懈意，
传承关爱有吴成。

注：吴成是钟情于下一代教育事业的部队离休老战士。2016 年 6 月 22 日上午，到滨湖区吴成革命传统教育基地参观。

七律·学习冯军同志事迹有感

莫道乡间寂寞身，

弘扬文化感情真。

置屋尽显书香意，

办社堪怀大爱魂。

撰稿结集扬善念，

筹资奉献励来人。

时光不改思高远，

只愿平生浩气存。

注：冯军，笔名高远，原惠山区前洲中学高中语文高级教师，早年曾务农，多年来情系乡土文化，热心公益，被评为中国好人，赞为"文化义工"。

七绝·秋老虎

孟秋似暑蝉声噪，
淡露无珠树叶枯。
日晒云天凝热意，
人思好雨润三吴。

注：孟秋指初秋，"三吴"指江南一带，2016 年立秋后数天，无锡最高气温都是高于三十五度的"秋老虎"天气。

六言诗·中秋无月夜

锡城中秋逢雨，入夜不见月亮；是为世事难全，婵娟羞藏雨中？寰球难得太平，核弹尖尖向天；疑是后羿搭箭，玉兔转入雾中？古人月下读书，望月惹人感叹；登月万众齐观，冰轮隐人眼中？曾经映照池塘，此时难觅踪影；雨打田田荷叶，瑶镜沉在水中？耳旁洞箫声起，柔曲似歌月色；妙音牵动遐思，皓蟾躲在箫中？不论阴晴圆缺，我有两轮明月；一个挂在天上，一个在我心中。

注：2016年9月15日中秋节，因下雨无锡晚上未见月亮，此记。

七绝·冬日清晨临太湖岸

鸭嬉冬湖不惧寒，
轻波晃动水旁山。
晨曦落彩粼光处，
已有穿梭挂网船。

注：2016年12月在鼋头渚旁的市委党校学习，早晨起来到湖边看景。

七绝二首·冬日阴雨有感

其一

冬临四九冷无锡，
细雨添寒漫浸衣。
谴怪天时何有此，
萧萧风里望春期。

其二

多寡暖凉天落水，
盼能人类自安排。
栽花便遣春光照，
地太干时雨就来。

注：记 2017 年 1 月 18 日无锡那天阴雨。

七古·暑天工地建筑工

天地似摆火焰阵，入伏炎热阵阵浓；锡城西南岔路段，新建立交正开工。打桩嘭嘭觉震撼，挖掘车动机声隆；费力操持忙碌者，衣衫半湿脸黑红。白昼云淡无风至，骄阳刺人眼朦胧；拽拉钢筋惊烫手，身影常在灰土中。晚来灯耀添闷热，安全帽下暑气烘；一阵干罢稍停顿，仰脖渴饮响咕咚。奋战酷暑流汗水，为利民众行途通；未待路桥竣工日，已见工匠劳苦功。

注：2017年大暑，无锡最高温接连数日超过40度，一座大型立交在蠡湖大道高浪路互通段建设中，我家离工地近，见高温中工地上工程日夜未停，有感而记。

七绝·寒露小记

九州博大纵深长，
各地炎凉循有序。
寒露西陲雪色白，
无锡仍显江南绿。

注：2017 年 10 月 8 日寒露这一天，电视里播
报我国西部有的城市开始下雪，但无锡还是草青
树绿，尚未有寒意。

七律·冯其庸

前洲乡里耀文华，
瓜饭楼中有大家。
一世文坛研典册，
十回西域历风沙。
篇章万语心还静，
墨画千轴力未乏。
自勉勤劳多异彩，
躬身成就此生涯。

注：冯其庸先生是无锡籍国学大家，"瓜饭楼"是其书斋名，惠山区前洲街道有冯其庸学术馆。

七绝·看《诗意过春时》展

桃符正待交接日，
尘世多情乐万分。
唱诵迎新源古有，
抒怀诗意悦当今。

注：2018年1月15日，参观无锡市图书馆展
出中国古典诗词图片40幅，既展示诗歌，又介绍
作者简历，图文并茂，让观者体会其中反映的新
春快乐。

天仙子·查阅古县志

孝友忠节修入志,
古迹风俗书历史。
望族流寓令人知。
山川势,
言仙释,
亦表诗章文苑士。

万语千集编印纸,
取舍收归凭睿智。
绵延承继最当值。
多少事,
齐汇此,
总伴时光传后世。

注:在无锡市图书馆查阅《(康熙)无锡县志》和《(乾隆)金匮县志》有感。

七绝·观画展

丹青一抹梁溪柳，
拗志平生笔墨浓。
抒臆画中人物古，
清凉山色映苍松。

注：无锡人秦古柳是清末民初梁溪画派代表性人物，2018年1月17日在无锡博物院参观秦古柳书画展。

七绝·欣赏泥塑造景 《无锡城市故事》

无锡地处在福田，

雨水风光顺应天。

金匮人家书历史，

城厢滋味韫民间。

注：在无锡博物院看泥塑造景《无锡城市故事》，立体浓缩，造型生动，展现了老无锡城的风俗民情。

七律·看雪

岂止银装披塞北，
江南今亦展洁颜。
苍天欲阻行车舸，
大地思凝动水烟。
谁怨寒流芳草萎，
我迎瑞气玉蝶翩。
时光正候东风至，
待看春花百万千。

注：2018 年 1 月 25 日，无锡下大雪，教育管理部门通知，全市中小学幼儿园停课两天。

七律·观看音乐培训班汇报演出

殿堂灿烂映华灯，
拂面浓浓艺术风。
仙子婀娜行舞步，
丽莺婉转起歌声。
双唇抿奏陶笛管，
十指轮拨古典筝。
苦练多年成本领，
合台演绎亦欢腾。

注：2018 年 5 月 30 日在无锡运河公园群艺馆
观看"多彩年华，绽放梦想"文艺汇演。

七绝·台风过无锡

人生冷暖度时光，
住在无锡好地方。
梅雨才停迎暑日，
台风擦过送清凉。

注：记 2018 年第 8 号台风"玛利亚"的边风 7 月 11 日至 13 日过境无锡。

七绝·物联网博览会记

数码编排弄信息，
灵通瞬变脑难及。
新潮电算能联物，
产业生活日见奇。

注：2018 世界物联网博览会于 9 月 15 日至 18 日在无锡举办。

风入松·欣闻龙光塔修缮事

沧桑历四百年轮，
风雨韵长存。
居高矗立形标志，
望梁溪、日日炊烟。
多少游人念此，
吟成赞美诗文。

锡山今报有佳音，
古塔再修身。
民心向往呈新景，
助资者、义举情真。
工匠辛劳巧作，
龙光定显精神。

注：明代万历年间建造的锡山龙光塔，是无锡人心目中的地标，曾经数次修缮，2018年重阳节前后，又见报载由著名实业家荣智健先生捐资相助，龙光塔修缮工程开工。

七律·老工匠黄稚圭

大匠八旬豪气在，
年华付此亦精英。
握锤耐劲诚心至，
刻字传神巧手灵。
凿柄匀敲石有响，
碑书未计款无名。
功随笔划存于世，
承载人文永续情。

注：无锡日报载，八十多岁的无锡治石名家黄稚圭老先生，被请为修缮龙光塔从事碑刻制作。

七绝·芦花白

江南小雪常无雪，
只惹芦花适意开；
长广溪边风动舞，
尽呈娇态映天白。

注：2018 年 11 月 22 日小雪，在位于滨湖区
的长广溪湿地公园看芦花有感。

七绝二首 · 在江南大学赏牡丹

其一

轻柔细雨涤新气,

送暖春风入我怀。

相遇年年花好地,

人来又见牡丹开。

其二

锡城四月牡丹开,

学府林园聚客来;

众口啧啧夸艳丽,

相机闪镜映花台。

浣溪沙·锦绣园

榭角临池画水痕，
亭间竹树罩青荫，
回廊百转客游寻。

不止天工描秀丽，
碑石论古道如今，
一方文史景中存。

注：锦绣园位于惠山区前洲街道，不仅凸显
江南古典园林妙趣，且有文史、水利、民俗等展馆，
呈现当地人文风情。

五绝·锡惠景观（二十八题）

（一）春申涧

源头松半岭，涧里卧云石。

瀑满黄梅日，人喧嬉水时。

注：无锡锡惠公园的春申涧，又叫黄公涧，因战国时期春申君黄歇在此饮马而得名，是梅雨季节游人观赏山洪瀑布的地方。

（二）卧云石

跌水腾轻雾，迷蒙漫涧沟。

中流石隐见，状似卧云游。

注：黄公涧里有一块大石，石上"卧云"二字由明代邵宝所题。

（三）惠山寺

惠麓盈泉处，卓锡垦法田。

缘深禅院久，度世越千年。

注：惠山寺始建于南北朝梁大同三年（公元537年）。卓锡，指僧人居留；卓，植立；锡，僧人外出所用的锡杖。

（四）惠山寺经幢

凿石作柱幢，矗立惠山旁。

唐宋时光远，禅身意味长。

注：座落于惠山古街的惠山寺经幢成一对，一为唐代所建，另一为宋代所建，幢身均有6米多高，青石质，上刻佛教经文。

（五）龙眼泉

胜地注灵泉，龙涎下惠山。

流声随法语，水镜映佛坛。

注：龙眼泉在惠山寺大雄宝殿后面，于惠山寺建寺时开凿于南北朝，是惠山最古老的泉眼。

（六）二泉

水润梁溪地，泉赢陆子心。

如能阿炳在，流响伴弦音。

注：陆子，茶圣陆羽；阿炳，作《二泉映月》曲的民间音乐家。

（七）听松石床

曾可偃人齐，松风故事奇。

石床铭篆字，千载仍清晰。

注：听松石床在惠山寺旁古银杏树下，石床上有唐人李阳冰篆书"听松"两字。

（八）头茅峰

高墙饰翘檐，山顶院清闲。

道士今难见，无人设法坛。

注：头茅峰是惠山第三高峰，高度 170 多米。

（九）云泉亭

日升亭见暖，风动雾觉凉。

花向云泉落，春痕印路旁。

注：登惠山头茅峰。于东坡可见 1992 年建造的石亭"云泉亭"。

（十）棋盘石

落子互争强，执棋论短长。

石盘今未变，弈者在何方？

注：棋盘石在头茅峰半山道旁

（十一）惠山头茅峰半亭

松林叶色青，阶引客来登。

远景依山看，龙光入半亭。

注：头茅峰半山腰的半亭，1983年建，面东
而立，入内可眺望锡山龙光塔。

（十二）二茅峰

翠色二茅峰，通达线纵横。

波传千万里，电塔立临风。

注：惠山二茅峰顶建有电视塔。

（十三）三茅峰

坐北望云岚，接天势不凡。

庙堂尊老祖，灵气冠龙山。

注：现存三茅峰古庙始建于明代，里面供奉
着儒、释、道三教人物，称老祖庙。

（十四）七十二个摇车湾

阶梯绕鎏旋，游客踏登还。

石块何曾记，凭谁砌上山。

注：七十二个摇车湾是登惠山三茅峰的石
阶道。

（十五）石门

摩崖长绿苔，总惹客人来。

邵宝何时到？石门等你开。

注：惠山三茅峰东北坡，原刻有明代无锡籍
官员、著名学者邵宝书的"石门"两字，后由清
知县廖纶重书，无锡流传着"若要石门开，要等
邵宝来"的谚语。

（十六）白云洞

山秀树成荫，邀来吕洞宾。

频传钟鼓响，香客叩白云。

注：惠山三茅峰北麓的白云洞道观，建于明代，供奉全真派祖师吕洞宾，道院内外有一些道教文化历史遗存。

（十七）寄畅园

石状聚狮欢，池头待鹤还。

八音鸣静处，辨者暂无喧。

注：寄畅园位于惠山寺旁，始建于明嘉靖六年（公元1527年），古名"凤谷行窝"，寄畅园内有九狮台、鹤步滩、八音洞等诸多景点。

（十八）八音涧

涧道若迷津，游中耐探寻。

浸石流水处，侧耳辨八音。

注：八音涧是寄畅园中的著名景点。

（十九）二泉书院

书院依山在，碑怀旧友朋。

廊厅幽静地，风止响泉声。

注：书院在寄畅园西面。

（二十）碧山吟社

雅社客盈门，茶香欲醉人。

今来相叙道，可有讲诗文？

注：碧山吟社位于锡惠景区内天下第二泉南边，始建于明代，是文人茶酒相聚、咏诗唱和的活动场所。

（二十一）万卷楼

山树遮墙角，泉流响入庭。

集书三万卷，楼蕴墨香情。

注：天下第二泉旁的万卷楼，原是南宋无锡籍诗人尤袤藏书处，史传尤袤晚年曾抄书三千册，共藏书三万余卷。

（二十二）隔红尘

天地满红尘，隔墙亦有门。

上山思羽化，入世做凡人。

注：锡惠景区内云起楼墙廊有一门，上镌"隔红尘"三字，据传说，是为清康熙帝与惠山寺高僧圆通会面而建，表示皇帝与隔绝红尘的化外之人相见无妨。

（二十三）古银杏树

虬枝茂上天，霜叶泛金颜。

六百春秋过，还依古寺前。

注：惠山寺听松石旁的一颗古银杏树，明代栽种，树龄有 600 多年了。

（二十四）金莲桥

凿垒架池间，石头幸有缘。

寿赢八百岁，日日伴金莲。

注：惠山寺前的金莲桥，建于宋代，距今 800 多年，是无锡现存最古老的石桥。

（二十五）愚公谷

泉水入荷轩，曲廊翘黛檐。

老树斑苔厚，深情证古园。

注：愚公谷在惠山寺南，西靠天下第二泉，是明代所建的江南名园，园中有古玉兰树、荷轩等景物。

（二十六）龙光寺

龙光耀法坛，菩萨幸锡山。

寺古赢香客，人来念善缘。

注：无锡锡山顶上的百年古刹龙光寺，为佛家文殊道场。

（二十七）石浪庵

庵舍隐山间，滋泽赖近泉。

仙姑池水浅，可够洒庭园？

注：锡山顶西南的石浪庵，建于明代，庵前曾有一处山泉，名为仙姑池。

（二十八）锡泉

前辈浚锡泉，今惜落底干。

石湿凭雨润，古井露苔颜。

注：从锡惠景区映山湖牌坊处拾阶上锡山西坡，观涧亭东侧有锡泉，清乾隆年间开掘，可惜已显干涸状。

七古·惜芙蓉山水

　　曾有城外蜈蚣岭，清波润拥芙蓉山；柳岸风拂烟岚洞，突兀双峰向云天。壑涧绿树栖虫鸟，崖壁傍湖影倒悬；鸡唱曦光晨钟响，寺门僧开汲龙泉。隔水相望仙境远，美如旷野设画盘；聚得玲珑十八景，常引游人访娇颜。一朝轰隆采矿炮，松竹翠叶焦欲燃；爆石分崩砸芦荡，惊吓鹭凫乱飞迁。吴地青峦本精巧，怎奈凿挖三十年；应悔枉使愚公力，痴令沧海变荒田。村街持名念以往，俏丽佳貌已难还；客来寻觅空叹惜，胜地只在史册间。

　　注：芙蓉山原矗立在一片湖荡中，俗称蜈蚣岭，位于现锡山区东北塘街道，曾有十八处景观，风光秀丽，后经20世纪60年代起三十多年开山采矿，原貌尽失。

七绝·无锡特产（四题）

（一）惠山泥人

女娲起兴造泥人，手艺传承必有魂。

试看阿福含笑坐，憨形喜态显精神。

（二）三凤桥酱排骨

酱排最是无锡味，酥嫩咸甜少腻油。

三凤桥身虽已逝，存名且赖肉骨头。

（三）清水油面筋

生麸滤水热油炸，嬗变香身入万家。

面粉成筋真美味，名扬四海惹人夸。

（四）阳山水蜜桃

三春满树艳花开，绿夏悬出蜜果来。

王母天年迎寿日，鲜摘快递送瑶台。

浣溪沙·荡口古镇初冬

荡口冬来貌似秋，
花开月季柳还柔，
船行河里晃悠悠。

两岸石街都是景，
踏阶拍照客如流，
伊人含笑立桥头。

七绝二首·梅村

其一

笑迎岁尾冷风凄，

结友出行觅往昔。

未遇梅村节场日，

泰伯庙外客来稀。

其二

又来漫步逛梅村，

两眼情思觅旧痕。

欲探琴弦听妙韵，

二胡展馆未开门。

注：位于新吴区的梅村有泰伯祠，有中国二胡之乡美誉，建有"梅村二胡文化园"。

五绝·到玉祁（五题）

（一）铜亭

铜亭形壮美，拍柱响铿锵。

造物该如是，姿容日久长。

注：惠山区玉祁街道有铜亭广场，矗立在石基上的铜亭气势不凡。

（二）新桥

旧日赖通行，叠石现散形。

新桥垂暮老，寂寞念乡情。

注：玉祁新桥为清代所建小石桥，如今桥下小河已干涸，桥也破旧弃用。

（三）文昌阁

向日亮堂门，高阁立大墩。

今迎香客入，不再聚文人。

注：凤阜寺内的文昌阁，始建于明代，曾是明清时期文人墨客聚会处。

（四）周忱祠

善政事凭人，官家本在民。

当年修水利，今日记周忱。

注：周忱祠始建于明代，是当地人为纪念注重兴修水利的明朝官员周忱而建。

（五）礼社老街

从东走到西，旧院列村墟。

礼社多才子，街中见故居。

注：礼社村有我国著名经济学家孙冶方、薛暮桥故居，还有师范堂、崇本堂等老房子。

葛埭村（二题）

（一）七绝·乡村野趣

山村野地无喧闹，漫走闲观乐忘烦。

入耳微风传细语，沙沙树叶似攀谈。

注：葛埭村在滨湖区雪浪山南麓，是留有新石器时代洪口墩遗址的古老村落。

（二）五古·小白羊

新正闲暇里，散步近山旁；

忽见灵动物，卧草小白羊；

红唇细眉目，洁色耀日光；

年岁当未老，已蓄胡子长；

客来瞪眼望，似问来何方；

划蹄昂头叫，咩咩道吉祥。

注：在葛埭村山坡茶田旁见正在吃草的小白羊。

七绝·参观雪浪书院农器展有感

文堂院里展镰锄，
农器齐全未见书。
细想耕田真大事，
此虽非字亦应读。

注：雪浪书院在雪浪山风景区内。

五古·张泾老街

东西一河水，两岸住人家；
垂柳画倒影，浇田长豆瓜。
宅户墙相近，短桥接旮旯；
窄巷少车响，弯弄各通达。
街老有根底，未嫌店货杂；
擦肩客来往，乡语笑叽喳。

注：锡山区锡北镇的张泾老街，有小桥流水
人家风貌，体现着乡村街镇民众的生活氛围。

临水观荷（四题）

无锡荷花观赏地不少，如管社山庄、高子水居、蠡园以及湖湾溪河湿地公园等。

（一）忆江南·荷
临夏至，荷叶绿池间。
一脉虬根扎水底，
数枝粉蕾向青天。
映日见娇颜。

（二）五绝·荷
丽日耀苍穹，荷塘夏意浓。
清波妆靓色，绿叶伴花红。

（三）七绝·荷
盘根泥里耐寒冬，情念时来画绿红；
待到骄阳召唤日，出波彩笔向天空。

（四）临江仙·荷

最忆秋前风韵好，
凌波乍露尖尖。
蜻蜓立上愈娇妍。
仙容妆粉彩，
伴月映清涟。

叶萎沾霜憔悴色，
偏迎冷雨寒天。
荷根耐养烂泥间。
来年逢夏至，
一笑展新颜。

七绝三首·老知青聚会

其一

马山作别四十载，农友相约汇聚欢。

端茶戏论青春事，笑看夕阳亦欣然。

其二

忆想曾同把地耕，四十年后喜相逢。

说及往日青春事，常有哈哈爆笑声。

其三

曾随冠嶂历春秋，湖岸堤旁几幢楼。

今忆下乡年少事，一声感叹见白头。

注：四十多年前一道下乡到马山务农的五十多位知青在惠山古镇聚会，冠嶂峰是马山的最高峰，"几幢楼"指知青所住宿舍，在太湖围湖造田的东大堤旁。

五古·望鸽飞

伫立当街口，翘首望鸽飞。

瞭远天高阔，群羽比肩随。

凌空演阵式，矫健勇徘徊。

缄口精灵舞，风轻哨音微。

头领划圈引，后众振翅追。

转瞬过楼角，稍时绕返回。

云衬游侠气，身影耀日晖。

苍穹自由地，翱翔亦生威。

观者心感叹，痴痴几忘归。

注：经常在城中八百伴商店不远处公交车站
候车，马路边居民楼顶上有养鸽棚，见鸽群飞舞
有感。

七绝·斗山风光

低岭星罗作串连，
仰天置斗垄池间。
观如立体仙人画，
茶树描成翠色山。

注：斗山位于锡山区锡北镇，因有七座小山组合形如北斗，故名斗山，旁已建成现代农业生态园。

生查子·登胶山

胶山乍入冬，
古庙依苍翠。
晨行雾迷离，
何计识南北？

独登亦悦情，
野径藤缠腿。
上顶沐清风，
乐此全无恚。

注：胶山位于锡山区安镇街道，山脚旁有胶
山古寺和洞虚观。

太常引·运河古邑

长河绕到港湾头，
润作水春秋。
那棹橹轻悠，
沿埠口、行来往舟。

石桥岁老，
何年驿站？
俱把旧痕留。
店铺旺街楼，
人聚此、怡情乐游。

注：无锡的南长街称为"江南水弄堂，运河绝版地"，运河古邑是城市里一处重要的旅游休闲地。

七绝·法治文化公园

条文巧设景观中，
树下廊间置画屏。
法字观来得警醒，
潜移日久助安宁。

注：在锡山区黄土塘村、青荡村等地看到街
边公园建作寓教于乐的法治文化公园有感。

渔家傲·冠嶂峰

冠嶂望波舟棹动，
峰峦脚下接田垄。
天舞湿云蒙绿顶。
春色涌，
花开烂漫桃梨杏。

几度君王巡秀岭，
兵争水岸飞幡影。
战鼓惊销倭寇梦。
今世靖，
湖山一色清宁景。

注：无锡马山的冠嶂峰，高度约 265 米，是
马山半岛的最高峰。

五律·十里明珠堤

十里通途顺，
千般景色娇。
堤沿植树草，
岸下响波涛。
日晓粼光泛，
风柔漫雾飘。
眺帆浮水动，
山影亦轻摇。

注：十里明珠堤在滨湖区马山街道，是市区到灵山大佛的主要通道，沿堤可以很开阔地欣赏太湖风光。

浣溪沙·红沙湾

漫动粼波涌静山，
四时花气沁茶田，
红沙耀日愈娇颜。

自在离城边野地，
清风散雾炫湖天，
如钩俏月落成湾。

注：红沙湾在无锡太湖山水城旅游度假区南部，有"太湖好望角"之称，是自然天成的生态农业观光园。

七绝·太湖隧道

漫驶舟船碧浪中，
红沙冠嶂各西东。
今人敢笑龙宫浅，
水阔山遥隧道通。

    注：太湖隧道的建设，使原被水面相隔的无锡南泉和马山两地，由全长 10 公里多的隧道贯通。

五古·吴都路景观

锡南起新城，　大道吴都路。
沟渠塑景观，　沿衢巧修筑。
望水飞檐亭，　岸阶牌坊矗。
枕河见茶楼，　玲珑美食铺。
小渚顺清流，　湖石缀桥堍。
湾塘浮睡莲，　栈栏隐绿树。
夜色萤灯明，　晨光漫薄雾。
香花惹彩蝶，　异草沾轻露。
曲径风和时，　最是鸟鸣处。
客若有兴来，　乐迈悠闲步。

注：吴都路景观大道，西自蠡湖大道，东至南湖大道，长6公里，路间有河，人行景中，吴地风貌，锡城韵味，是无锡太湖新城标志性景观大道。

五律·太湖广场

通衢划北南，
广场展新颜。
博物呈详览，
图书备大观。
清风出树圃，
秀色映花坛。
地阔迎天畅，
相逢老幼欢。

注：无锡太湖广场，在京杭运河金匮大桥段
与清扬路之间，广场边上有市图书馆、博物院。

忆江南·逛商场

商街美，
华丽胜西洋。
模特新装娇惹眼，
橱台靓款货琳琅。
看客试衣忙。

注：无锡东南西北各处有不少百货商店，有些是集饮食、购物和娱乐于一身的综合性场所。

贺圣朝·参观鸿山遗址博物馆

田间仿筑原村落，
馆厅依墩设。
玻璃罩下列名标，
展品得其所。

休言玉晦，
无嫌缶破。
几番千秋过，
城池有考计年轮，
古物存魂魄。

注：鸿山遗址博物馆位于无锡新吴区飞凤路。

五绝·参观华君武漫画馆

荡口出君武，
堪称漫画王。
笔锋戳世事，
谑意耐思量。

注：著名漫画家华君武，祖籍无锡荡口，现荡口古镇建有华君武漫画馆。

七绝·欣赏歌剧《二泉》有感

清泉朗月映艰辛，
大艺从来耀古今。
阿炳吟成天籁曲，
锡城唱响有佳音。

注：新编歌剧《二泉》，以舞台艺术更激昂
地奏响《二泉映月》美的旋律，展现一个创作出
东方民族经典乐曲的阿炳，使这位民间艺术家的
形象更加栩栩如生。

忆江南·贡湖湾湿地公园

湖湾地，
塑造景观新。
幽径道旁花溢彩，
荷池水岸树遮荫。
小鸟唱佳音。

注：贡湖湾湿地公园在滨湖区贡湖大道和红
周路交汇处南边。

七绝·秋游龙头渚

那日春游恰少年，
四十寒暑一挥间。
今朝又上龙头渚，
满目秋光映水天。

注：四十年前我下乡到马山农场，曾初游龙
头渚。

五古·尚贤河湿地公园

锡南尚贤河，相迎闲游客；
天地映和合，前往自生乐。
夏荷盖涟漪，临寒蜡梅喜；
莫须盼花期，四季各艳丽。
路边绿草坪，塘湾晃波影；
隔桥望溪亭，健走踏迷径。
鱼戏闻水动，细柳娱轻风；
扑面清气涌，人在仙境中。

注：尚贤河湿地公园在滨湖区。

七绝·黄公涧旁即景

涧水潺潺入耳中，
山前古树绕青藤。
石桌棋友凝神弈，
琴响亭台伴唱声。

五律·游惠山古镇

桂花才止味，
菊蕾竞开颜。
寄畅和风地，
龙光耀日天。
闲情游古镇，
凑趣入茶园。
笑论原先事，
拍额几忘言。

七绝·菊展

红男绿女入嘉园，
翠叶金英耀碧天。
一度秋风拂异彩，
万株清雅共娇妍。

注：金秋时节，在无锡寄畅园和愚公谷间行
道上设置的菊花展，已连续举办多年了。

七绝·秋游杜鹃园

处暑江南翠意浓，
杜鹃树茂叶重重。
醉红坡上无花色，
一块丹石卧绿丛。

注：杜鹃园是无锡锡惠公园的园中园，入园可见杜鹃树丛中有大石一块，石上有"醉红坡"三个描红大字。

五律·七星桥

七星渡静漪，
一览觉池阔。
秀岸显通灵，
映天呈巧设。
由它伴水亲，
令我知鱼乐。
顺意踏桥头，
悠然情已可。

注：寄畅园中的七星桥，七块黄石板直铺而成，横跨园内池塘锦汇漪上，更显幽静迂回通达。

七绝·秋游宝界山

东蠡湖畔青青树，
宝界山林景诱人。
十月江南秋色彩，
客来乍看绿如春。

注：无锡的宝界山森林公园，紧挨在鼋头渚
公园南边。

七绝二首·冬日在惠山
二泉书院吹箫

其一

山寒径寂人行少，

箫语泉流配妙音。

老树无风还落叶，

沙沙似弄古弦琴。

其二

洞箫常寡叶音者，

最妙吹成自己听。

苏武牧羊情至此，

曲声一止泪珠盈。

注："苏武牧羊"为箫曲名。

五绝·金城湾公园

湾引蠡湖水，
石桥树隐深。
轻波垂柳岸，
三两钓鱼人。

注：金城湾公园位于蠡湖东南端。

七绝·十八湾湿地公园

山湾水岸近相依，
苇草枝浓鹭鸟栖。
夏日荷池风似静，
湖光可鉴翠颜堤。

注：十八湾湿地公园在滨湖区胡埭镇。

长广溪（五题）

（一）七古·溪景四季

泛青细柳临溪舞，怒放香梅入眼娇。山水相迎春色里，游人笑语满廊桥。流水生凉无酷暑，溪边茂草掩雏凫。黄昏日下宜观景，雪浪山峰似画图。乌桕叶红秋色重，晴空似暖小阳春。乍闻鸟唱林中曲，还看游鱼画水痕。朔风散雾望天蓝，溪岸萧疏苇叶寒。旷野冬来呈异景，小亭留我忘回还。

注：廊桥，长广溪上的石塘桥；长广溪两岸，建有十几座亭子，供游人歇坐观景。

（二）五古·在长广溪鱼乐亭中吟得

秋日斜雨细，溪畔任我行；入亭悠然坐，扑面和风清。举目青峰秀，浸岸绿波平；看山放眼阔，望水助神宁。不叹春光远，还记赤子情；我赞无锡好，美景伴此生。

（三）七律·长广溪之秋

金秋草木有芬芳，应季菊丛入眼黄。
细柳垂塘疏月影，桂花落地撒余香。
将红枫叶迎寒露，未老芦枝候浅霜。
莫怕山溪青绿减，清空万里胜春光。

（四）五古·初冬日于长广溪

霜气润丛芦，乌桕结子熟。
风微草木静，天高云自如。
瞭空寻雁阵，望水觅游凫。
江南初冬暖，还见柳扶苏。

（五）减字木兰花·长广溪冬景

寒山水影，落叶疏林声愈静。
劲草无威，枯苇残花点点飞。

未嫌气煞，万物由天浓淡画。
鱼隐波平，风里溪边候客亭。

锡城春秋（七题）

（一）小区花园见春早

塘里残冰才化尽，东风渐劲暖人家。

绿枝柳树迎春早，嫩叶新出胜似花。

（二）忆江南·春雨

逢春雨，淅沥落声轻。

不见山头云起舞，但闻树上鸟争鸣。

你我待天晴。

（三）七绝·春游

春意着人身欲动，携亲唤友且离家。

城郊又是新山水，看罢梅花看杏花。

（四）五古·暮春

山色绿翠微，溪边柳絮飞。

临风抬望眼，意欲带春归。

不愁春色暮，恰好杜鹃红。

且有竹身影，夏来绿更浓。

（五）七绝·秋日观景

大浮山里观秋景，新造林园应季花。

欲访农家何处有，凭谁可与话桑麻。

（六）七绝·秋夜雨

晚晖淡去荧窗色，斜雨传来打叶声。

料是明晨天会冷，惠山脚下看秋枫。

（七）卜算子·迎秋雨

沥沥伴清风，落水凭天算。

大地涤尘雨后新，莫作无晴叹。

垂柳润拂梳，桔色霖中泛。

已嗅锡城桂粟香，且为今秋赞。

过年（三题）

（一）临江仙·大年夜
　　待到冬寒将尽日，
　　离乡游子思归。
　　爸妈煮菜俱鲜肥。
　　阖家尝美酒，
　　共饮再三杯。

　　讨喜迎新熬入夜，
　　亲朋守岁相陪。
　　玩童盼望雪花飞。
　　休言晨晓冷，
　　郊外有香梅。

（二）七绝·年初一
　　已到东来气暖时，又催杨柳挂青丝。
　　为迎新正出门早，要看春风第一枝。

（三）七律·贺新年

恰逢新正到跟前，
敬语相传互拜年。
佳句赠来如重礼，
拙辞奉往岂轻言。
托吟流水惜时令，
借咏高山话世间。
预祝开春勤弄笔，
华章不止百十篇。

七绝三首·蠡湖

其一

任你还寒正月天，春风已到蠡湖边。
接连雨水才停日，赏景游人展笑颜。

其二

蠡湖绿岸胜芳菲，丽日清明柳絮飞。
近水远山春色涌，客来看景不思归。

其三

蠡湖东望雾迷茫，仙境天来水一方。
细浪轻波鱼跃处，再无西子恋他乡。

注：以宝界桥为界，隔蠡湖为东、西蠡湖，
东蠡湖中有一小岛叫西施庄。

七古·蠡湖歌

地载五里湖湾水，天造叠嶂列在旁；溪源一脉绕山浸，震泽相衔东南方。湖山缘遂功臣志，范蠡泛舟水中央；鱼踪画痕逐萍戏，青芦半掩西施庄。渤公巡湖凿山口，驭兽欲腾气势昂；梁溪通浚匀涓溢，福泽河港鱼米乡。啪啦水响鲢鲤跃，湖底百万蟹虾藏；清流漫淌沟渎满，润我田垄育稻粮。汛来激涌漂食饵，荡漾鳞动惹鸥翔；浪打卧石浮鹭岛，桃柳连棵西堤长。夜岸明灯串珠挂，烟波照楼亮格窗；翘檐饰彩荧电紫，跨湖桥头耀红光。月印湖面摇玉镜，滩头幽微蒲棒香；秀水沃土多花季，何需秉烛看海棠。久无渔歌惊凫起，依稀晨霭自迷茫；日射涟漪铺纱皱，峰峦倒影伴斜阳。缀岸竹丛含春露，绽蕾樱枝吐芬芳；湖边细雨江南色，伞下佳人羽衣裳。炎夏氤氲抵暑意，暮秋雾凝枫叶霜；

潋滟凌寒迎白雪，入眼平湖映绿樟。湖畔嘉园筑轩榭，壁吟碑文千步廊；客恋四季亭外景，虬藤异卉倚醉黄。鹿顶呦呦声去远，宝界飞虹卧成双；曾是少年漫游处，皓首望湖话沧桑。

注：蠡湖与太湖相接，周边山水相适，景色宜人。相传春秋战国时，越国大夫范蠡助越王战胜吴国后，偕西施隐居于此，蠡湖因之而名。沿湖岸已建成无锡市最具魅力的湖滨风景游览区。

七律五首·咏太湖

其一

震泽浩荡五千年，岛影波光日月间。

绿水盈流堪沃地，横云漫卷欲接天。

听涛望远浮樯橹，踏渚寻幽隐墅轩。

多少春秋吴越事，浪花可否忆从前？

其二

山水有情承世事，烟波深处寓传奇。

容身浣女芦花地，避祸功臣柳岸居。

乱雾追云蒙翠岭，轻舟遏涌入长溪。

顺流一甩垂丝钓，乍跃白鳞鹭鸟啼。

其三

具区天挂万千丝，望眼迷茫隐日时。

浪涌波高遮小岛，云集雨密涨深池。

杏黄寺院墙檐净，翠绿充山雾气湿。

仍有梅梁船影动，比肩竞进未甘迟。

其四

鼋渚身披荡柳风，春涛向日鉴高空。

冲天健羽翔云外，跃涌银鳞戏水中。

万浪桥波涤旧气，三山岛树泛娇容。

客循石岸流连看，乐赞乾坤造化功。

其五

润泽包孕福吴越，千载无言渐受欺。

暑日漂浊波色暗，秋风腻沫水光迷。

原须雪浪达江海，竟让脏流浸藻泥。

此诚人间知敬畏，诚心作伴始相依。

七律·中山路

无锡也有中山路，
满目繁华显盛隆。
品鉴观闻难有尽，
衣食行用概无穷。
百年闹市由人聚，
一地财源仗货通。
大道穿城南到北，
客来感受应时风。

注：中山路是无锡市的一条主要街道，商贸
中心，位于梁溪区，全长1公里多。

七绝·九里河湿地公园

一道清流延九里，
万般柔美润八方。
花田近水多娇艳，
绿野依偎闹市旁。

注：九里河湿地公园位于锡山区的锡沪路与春风路交叉口旁。

五古·锡山吟

嘉峰拔地立，四时山色青，
俊美呈标志，城郭赖其名。
史载秦将事，依山驻雄兵，
为锡争天下，无锡遂安宁。
南坡草木盛，彩壁龙腾行；
东晖映山碧，飞霞望天晴；
山北多牌坊，老街似画屏；
湖影西入眼，客恋观澜亭。
锡泉石井在，好水当可盈；
而今涓滴隐，愔愔谁能听？
树间婉转鸟，竹丛传唱蛉；
踏阶拥翠绿，至寒不凋零。
磐石浪纹饰，疏披缠绕茎，
突兀貌硬冷，周遭枝叶萦。
庵古令窒静，苔深觉气清；
仙姑池涸处，寂寥响落英。
妙境龙濯嬉，崖池仰天庭，

应季纳雨露，日照泛波滢。

文殊善信地，肃穆宜诵经，

山承龙光寺，林荫礼佛厅。

矗巅浮屠伟，八角耀光明，

宝顶探云里，高高伴月星。

脉势贯底穴，腹径韫空灵，

洞无仙人住，虚怀亦有情。

龙光著神秀，气象壮山形，

风随龙吟起，锵锵挟凤鸣。

　　注：锡山在无锡城的西面，广约 1.5 公里，高不足 80 米，却面朝诸峰，瞭望五湖，草木青翠，玲珑可爱，是无锡人心目中一座具有城市标志性的山峰。

七绝·无锡诗情

四方水土家乡好,
一世情缘岁月依。
暖我心头诗意动,
仄声平韵咏无锡。

后 记

　　我欣赏着家乡无锡的景观风情和人文古迹之余，将自身感受用诗词表达，期望能使言辞简洁些，让形式生动些。《仄声平韵咏无锡》一书共计收入诗词 368 首，声韵按《中华新韵（十四韵）》。

　　所写诗词能够成集，得到了许多亲友的鼓励。我的夫人杨国兰，喜欢练毛笔字，饶有兴致地为诗集题写书名，表达了她的支持。我非常感谢在这本书形成过程中热心相助的各位先生、女士。

　　因涉及传统格式诗词的声律、词牌，涉及历史名胜的地点、人物、年代等，范围较广，限于自己的能力和水平，在学写

诗词以及自注叙述中恐有错误，敬请读者
指正、谅解。

　　谢谢各位读者。

吴九盛

2019 年 3 月 29 日